Os Últimos Dias de Elias Ghandour

Marcelo Maluf

Do mesmo autor de *A imensidão íntima dos carneiros*

Os Últimos Dias de Elias Ghandour

FARIAESILVA

Rio de Janeiro, 2023

Os últimos dias de Elias Ghandour

Copyright © 2023 by Marcelo Maluf
Copyright © 2023 da Starlin Alta Editora e Consultoria Eireli.
ISBN: 978-65-81275-42-6

Impresso no Brasil – 1ª Edição, 2023 – Edição revisada conforme o Acordo Ortográfico da Língua Portuguesa de 2009.

Todos os direitos estão reservados e protegidos por Lei. Nenhuma parte deste livro, sem autorização prévia por escrito da editora, poderá ser reproduzida ou transmitida. A violação dos Direitos Autorais é crime estabelecido na Lei nº 9.610/98 e com punição de acordo com o artigo 184 do Código Penal.

A editora não se responsabiliza pelo conteúdo da obra, formulada exclusivamente pelo(s) autor(es).

Marcas Registradas: Todos os termos mencionados e reconhecidos como Marca Registrada e/ou Comercial são de responsabilidade de seus proprietários. A editora informa não estar associada a nenhum produto e/ou fornecedor apresentado no livro.

Erratas e arquivos de apoio: No site da editora relatamos, com a devida correção, qualquer erro encontrado em nossos livros, bem como disponibilizamos arquivos de apoio se aplicáveis à obra em questão.

Acesse o site www.altabooks.com.br e procure pelo título do livro desejado para ter acesso às erratas, aos arquivos de apoio e/ou a outros conteúdos aplicáveis à obra.

Suporte Técnico: A obra é comercializada na forma em que está, sem direito a suporte técnico ou orientação pessoal/exclusiva ao leitor.

A editora não se responsabiliza pela manutenção, atualização e idioma dos sites referidos pelos autores nesta obra.

Dados Internacionais de Catalogação na Publicação (CIP) de acordo com ISBD

M261u Maluf, Marcelo
       Os últimos dias de Elias Ghandour / Marcelo Maluf. - Rio de Janeiro : Alta Books, 2023.
       208 p. ; 13,7cm x 21cm.

       ISBN: 978-65-81275-42-6

       1. Literatura brasileira. 2. Romance. I. Título.

2023-941
       CDD 869.89923
       CDU 821.134.3(81)-31

Elaborado por Odilio Hilario Moreira Junior - CRB-8/9949

Índice para catálogo sistemático:
1. Literatura brasileira : Romance 869.89923
2. Literatura brasileira : Romance 821.134.3(81)-31

Produção Editorial
Grupo Editorial Alta Books

Diretor Editorial
Anderson Vieira
anderson.vieira@altabooks.com.br

Editor
Ibraíma Tavares
ibraima@alaude.com.br
Rodrigo Faria
rodrigo.fariaesilva@altabooks.com.br

Vendas ao Governo
Cristiane Mutús
crismutus@alaude.com.br

Gerência Comercial
Claudio Lima
claudio@altabooks.com.br

Gerência Marketing
Andréa Guatiello
andrea@altabooks.com.br

Coordenação Comercial
Thiago Biaggi

Coordenação de Eventos
Viviane Paiva
comercial@altabooks.com.br

Coordenação ADM/Finc.
Solange Souza

Coordenação Logística
Waldir Rodrigues

Gestão de Pessoas
Jairo Araújo

Direitos Autorais
Raquel Porto
rights@altabooks.com.br

Assistente Editorial
Milena Soares

Produtores Editoriais
Illysabelle Trajano
Maria de Lourdes Borges
Paulo Gomes
Thales Silva
Thiê Alves

Equipe Comercial
Adenir Gomes
Ana Carolina Marinho
Ana Claudia Lima
Daiana Costa
Everson Sete
Kaique Luiz
Luana Santos
Maira Conceição
Natasha Sales

Equipe Editorial
Ana Clara Tambasco
Andreza Moraes
Arthur Candreva
Beatriz de Assis
Beatriz Frohe

Betânia Santos
Brenda Rodrigues
Caroline David
Erick Brandão
Elton Manhães
Fernanda Teixeira
Gabriela Paiva
Henrique Waldez
Karolayne Alves
Kelry Oliveira
Lorrahn Candido
Luana Maura
Marcelli Ferreira
Mariana Portugal
Matheus Mello
Patricia Silvestre
Viviane Corrêa
Yasmin Sayonara

Marketing Editorial
Amanda Mucci
Guilherme Nunes
Livia Carvalho
Pedro Guimarães
Thiago Brito

Atuaram na edição desta obra:

Revisão Gramatical
Alessandro Thomé
Denise Himpel

Diagramação
Rita Motta

Capa
Marcelli Ferreira

Editora afiliada à: ASSOCIADO

ALTA BOOKS
GRUPO EDITORIAL

Rua Viúva Cláudio, 291 – Bairro Industrial do Jacaré
CEP: 20.970-031 – Rio de Janeiro (RJ)
Tels.: (21) 3278-8069 / 3278-8419
www.altabooks.com.br – altabooks@altabooks.com.br
Ouvidoria: ouvidoria@altabooks.com.br

Para Dioniso.
Para Elias.

Para Daniela, sempre.

"Uma voz dentro de mim ordena:
— Escave! O que vê?
— Homens e aves, águas e pedras!
— Escave mais! O que vê?
— Ideias e sonhos, lampejos e aparições!
— Escave mais! O que vê?
— Não vejo nada! É noite silenciosa, densa como a morte. Deve ser a morte."

Nikos Kazantzákis, *Ascese: Salvatores Dei*

"A natureza parece morta e sonhos tenebrosos
Invadem o sono fechado."

William Shakespeare, *Macbeth*.

PRIMEIRO ATO

Ao toque do terceiro sinal, luzes se apagam.

Elias Ghandour caminha lentamente até a boca de cena. Um foco de luz o atinge no rosto. Ele olha para a plateia, incomodado com a luz, vira-se para o centro do palco e respira fundo.

1.
Som de fogueira crepitando

ESTOU EM PÉ diante da casa e a contemplo como se olhasse para algo tão belo, misterioso e fúnebre quanto o Taj Mahal. Seguro uma caixa de fósforos na mão direita e sinto, com algum prazer, a superfície áspera em que se risca o palito. As minhas unhas estão sujas de terra. Há uns trinta minutos estou parado nessa mesma posição. Minha barba está mal feita e os pontinhos brancos e esparsos de pelos se distribuem de maneira desorganizada em meu rosto suado.

Há um enorme ipê-roxo na entrada do sítio.

Há também um jardim onde antes ficava uma piscina.

Ao meu lado há uma fogueira em brasa crepitando. Vocês devem ter ouvido o som. Faíscas luminosas explodem e desaparecem. Começa a chuviscar, mas eu não me importo, apenas garanto que a caixa de fósforos não se molhe; coloco-a dentro do bolso e sigo em contemplação.

Desvio o olhar. Primeiro me detenho no jardim, depois na cadeira de balanço na varanda. Ergo a cabeça em busca de ar. Minha mão esquerda treme. Com força, contraio os dedos para o centro da mão. Comprimo os olhos. O cachorro respira ofegante ao meu lado. Tornou-se um companheiro inseparável.

Caminho em direção à casa, não tenho pressa, não há motivo para ter pressa. Sei que preciso me concentrar. Abro a porta de entrada e tiro os sapatos. Sinto o cheiro forte de querosene. Alguns móveis e cadeiras estão empilhados na sala junto à lenha seca. Vejo na parede uma das únicas fotografias em que estamos juntos, eu, minha mãe, minha irmã e meu pai. Ao lado, há desde sempre uma reprodução de *A Ilha dos Mortos*, do Böcklin.

No vão da casa, entre o forro e o telhado, as andorinhas se movimentam agitadas como se soubessem o que está por vir. À minha frente, estirado em cima do tapete no chão da sala, está o corpo nu de um homem. Há uma cicatriz um pouco abaixo do limiar entre a testa e o couro cabeludo do cadáver. Seu abdômen está inchado, as veias dos braços, descoloridas. O cheiro doce que exala do seu corpo se mistura ao querosene, uma atmosfera nauseante preenche os espaços vazios da casa. Um dia talvez eu compreenda o que significa tudo isso, mas agora não tenho a intenção. Prefiro me esforçar para sentir alguma compaixão pelo morto.

Pela janela, vejo a montanha coberta por uma névoa. Às vezes as nuvens baixas encobrem as montanhas a ponto de deixá-las invisíveis. Meus olhos se enchem de lágrimas. A beleza dessa paisagem sempre me comoveu. Minha mão esquerda treme com mais intensidade. O sítio fica na zona rural da pequena cidade de Joanópolis, a 130km de São Paulo.

O vinil da Nina Simone ainda está na vitrola. Mas não é a trilha ideal para o momento. Vasculho com os dedos os discos na estante e ponho para tocar *Moonlight Serenade*, do Glenn Miller. Sim, essa é a música ideal. Aumento o volume e deixo que o som dos trompetes emudeçam o medo do silêncio dentro de mim. Arrisco alguns passos de dança, mas desisto. Não sei se é certo dançar diante de um cadáver.

Pego a caixa de fósforos dentro do bolso da calça. Abro e fecho a caixinha num movimento consecutivo e angustiado. A chama de um palito de fósforo dura, em média, dez segundos. Li isso em algum lugar. Mas eu pergunto a vocês, o que é possível fazer em dez segundos? Beber um copo de água? Ler três linhas da página de um livro? Em dez segundos alguém pode sofrer um ataque cardíaco e morrer? Talvez. Não tenho como afirmar com precisão. Nem acho que seja importante saber dessas curiosidades. Sento-me no sofá e espero pela chegada da noite.

2.
Som de trovões

ESTOU NA ANTESSALA da morte. É bonito isso, não acham? "Antessala da morte." Mas pode ser algo estúpido também. Vejo uma luz branca. Fecho os olhos e sonho. Estou no centro de um palco. Estou aqui. Vocês são capazes de me confirmar se aqui é o centro do palco? Caminho. Há apenas uma luz acesa. O resto é escuridão. Olho para o fundo da sala e começo a rir, a rir muito, a gargalhar, a quase explodir de tanto rir, até me sentir constrangido, humilhado, desnorteado. Rir, todos nós sabemos, sempre foi o melhor remédio.

Agora é o momento em que alguns de vocês deixam escapar risinhos sem graça.

Como foi que eu cheguei até aqui? Vocês querem saber? Não tenham pressa, eu vou contar.

Estou num lugar deserto com relâmpagos e trovões como em *Macbeth*, mas sem as três bruxas. Seguro na mão esquerda um martelo. Este martelo. Olhem bem para ele. Sem dúvida ele é um protagonista ou antagonista desta história.

Eu já contei que matei um desconhecido com uma martelada na cabeça?

(Risos). Vocês riem. Não era uma piada. Não é.

Luzes estroboscópicas são apontadas para o auditório. Alguns espectadores fecham os olhos.

Eu peço apenas que me ouçam, não há nenhuma necessidade de olharem para mim.

Não sei dizer como consegui, com as luzes apagadas, atingi-lo com tamanha precisão. Naquele momento, eu não tinha consciência — e como poderia ter? — do que se seguiria a partir daquele ato. Um único gesto pode trazer sentido ao não sentido da nossa existência. Dizendo assim parece bonito, sábio e filosófico, mas quem foi que disse que só aprendemos com as coisas que nos enlevam? É fato que a grande maioria não aprende com nada, mas não sou a pessoa certa para dar qualquer tipo de ensinamento. O que eu sei é que, apesar do profundo desprezo que sinto em relação ao mundo, ainda não estou pronto para abandoná-lo.

AINDA NÃO!

Minhas memórias estão ruindo e muitas vezes não sei se o que lembro é fruto de uma experiência vivida pelo meu corpo ou se é apenas minha mente em estado de alucinação. Mas é certo que não serei um espectador passivo das minhas lembranças. E me pergunto se realmente temos como separar a memória em estado de desmoronamento daquilo que é delírio e sonho. Quando vivo o meu presente ou recordo o meu passado, penetro o desconhecido. O desconhecido sou eu. No entanto, por mais clichê que possa ser a frase seguinte, e vocês irão concordar comigo, ainda é necessário dizê-la: "O inferno são os outros."

3.
Som de pratos quebrando e panelas caindo. Luzes azuis

EU SEMPRE SOUBE que as coisas mofam, enferrujam e se desgastam com o tempo, mas pensava nas coisas fora de mim. Mas e quando enferrujam e mofam as coisas de dentro? E com isso não estou me referindo ao baço, aos rins ou ao fígado. Penso na ferrugem a corroer as veias, artérias, ao sangue contaminado e, acima de tudo, na ferrugem corroendo a minha vontade de viver.

Em minha adolescência e juventude, eu acreditava que os meus músculos, ossos e pele durariam para sempre, com aquele mesmo vigor que nos torna invencíveis quando jovens.

Pausa. Silêncio. Um rato atravessa o palco. Um rato branco.

O mundo nessa época, para mim, e estou falando da segunda metade da década de 1950, abria-se, revelava-se, convidava-me a participar da sua dança. O teatro e o cinema eram minhas duas grandes paixões. Ocupava os meus dias, como vocês, na plateia de algum espetáculo teatral ou diante de uma grande tela numa sala de cinema. Aos 18 anos de idade, eu passava noites e madrugadas com Ítalo e Alberto, meus melhores amigos naquela época, discutindo sobre cinema, teatro e música. Eles compartilhavam comigo das mesmas paixões. Lembro-me até hoje do impacto que foi ter assistido *Eles não usam black-tie*, do Guarnieri, no Teatro de Arena, e tantas outras montagens no Teatro Brasileiro de Comédia. Certa vez, depois de termos assistido *Um corpo que cai*, do Hitchcock, no Cine Marabá, fomos para um bar e ficamos por quase três horas discutindo a película. Ítalo e Alberto diziam que Hitchcock era bom, mas um pouco comercial demais, e que o mestre do suspense não era tão grande quanto Orson Wells, Kurosawa e Bergman. Eu não concordava. Achava Hitchcock tão bom quanto os outros. Aquilo era só o preconceito deles com o gênero suspense. O fato é que naquela noite nós três decidimos juntos que iríamos ser atores. Transformaríamos nossa paixão em comum pelo teatro e pelo cinema em profissão.

A contragosto dos meus pais, naquele ano, me matriculei na Escola de Arte Dramática, com Alberto e Ítalo.

Durante dois anos, vivi os melhores dias da minha vida. Estava certo de que eu seria ator e que o teatro era o meu caminho. Meu mundo só existia com Brecht, Shakespeare, Pirandello, Molière, Beckett, Sófocles, Eurípedes, enfim. Era assim que eu queria existir. No abrir e fechar das cortinas, sob a luz ou a sombra, experimentando vestir a pele de seres imortais, viver para sempre na duração sem fim de cada personagem, voltar a ser finito, compreender que a sede de imortalidade fez nascer a arte e que o destino de quem empresta voz, olhos, braços, pernas, nariz, ouvido, boca, gestos, alma, sexo e morte é o de ludibriar o tempo, enganar Chronos. Todo ator morre um pouco no palco ao fazer de si mesmo tão pleno e tão vazio quanto uma ânfora grega.

Era tudo isso que eu pensava e queria. Eu estava pronto para me oferecer em sacrifício a Dioniso. Mas o tempo foi perverso e, antes mesmo que eu pudesse dar o próximo passo, lançou no abismo a minha ânfora de alças duplas. Em pedaços no chão, ela não era nem vazia, nem plena. Recolhi os cacos e os guardei em uma caixa de sapatos.

Quando começamos a montagem de *Macbeth,* o velho Jamil Ghandour, meu pai, nem tão velho assim, tinha 62 anos e, por alguma estratégia maldita do destino, sofreu um infarto e caiu morto entre as estantes de tecidos da sua loja. Eu me vi tombando ao seu lado. Minha mãe dizia: *"Você é nosso único filho vivo, Elias. Seu pai*

queria tanto que você cuidasse da loja, imagina ter que vendê-la, meu filho? Seria como matar a memória dele. Você entende? A loja era tudo para seu pai, ela é o nosso mundo, Elias."
Como se mata uma memória?, pergunto a vocês. Alguém, por favor, tem a resposta? Como se faz para rearranjar uma lembrança de modo que ela não seja sempre como um punhal atravessando o peito? Eu disse SIM à minha mãe, mesmo querendo dizer NÃO. Eu tinha abandonado Dioniso. Abandonado Ítalo e Alberto. Imaginem como um sonho se desfaz e escorre, espesso pelo ralo do banheiro de uma loja de tecidos. Eu vi, literalmente, o meu sonho escorrendo como uma gosma de filme B de terror.

4.
Burburinho de vozes

DESISTI DO CURSO no segundo ano para assumir a gerência da loja. Eu tinha apenas 20 anos de idade, e o sonho de ser ator se diluiu entre os milhares de clientes, papéis, contas e tecidos da Loja Ghandour. Os meus encontros com Ítalo e Alberto também ficaram cada vez mais escassos. Eu raramente tinha tempo para sair com eles. Sempre estava cansado e estressado com o trabalho. Já não ia muito ao teatro, nem ao cinema. E mesmo quando me sobrava tempo, eu fugia. Passou a ser torturante para mim ver tudo aquilo e não participar. Minha inveja de Ítalo e Alberto fez de mim um sujeito mais amargo ainda. Quando eu me encontrava com eles, sempre discordava de alguma coisa, sempre os colocava em dúvida, questionando se eles estavam realmente no caminho certo.

Vocês vão morrer de fome, eu dizia. A verdade é que era eu quem, mesmo com a mesa farta e a barriga cheia, morria.

PAUSA. POR FAVOR! PAUSA! ACENDAM AS LUZES!

Não consigo fazer isso sozinho. Simplesmente não consigo. Preciso de dois voluntários. Alguém? Você aí no fundo, de camiseta azul. Sim, você mesmo. Pode subir, por favor. Quem mais? Preciso de mais um. Pronto! Pode subir também. Fiquem aqui. Isso. Nessa posição, de costas para a plateia.

Você será o Ítalo, e você, o Alberto. Certo?

Vocês terão que fazer o seguinte: toda vez que eu disser uma palavra ou frase que, por algum motivo, faça vocês se sentirem mal, peguem a lama desse balde e joguem em mim. Mas se eu perceber que estão vacilando ou com medo, eu pego esse outro balde aqui, com tinta vermelha, e jogo em vocês. E aquele outro balde lá no corredor entre as cadeiras da plateia, cheio de bolas de tênis, ficará disponível, caso alguém da plateia entenda que ninguém que está em cima do palco cumpriu com as regras do jogo. É só pegar uma bola e jogar em quem quiser. Que esteja no palco ou na plateia. Combinado?

Todos entenderam? Caso não queiram participar, podem dar lugar a outros. Ou mesmo se retirar do espetáculo.

Tanto o Alberto quanto o Ítalo são atores. Portanto, vocês serão atores. Os dois gostam muito de Elias. Mas estão de saco cheio dele. Por outro lado, Elias também gosta dos amigos, mas não suporta a alegria que exala do corpo deles. E, por favor, isso aqui é teatro. Só teatro.

Então, vamos lá!

APAGUEM AS LUZES,
POR FAVOR! SILÊNCIO!

Som de talheres ao fundo. Luzes laranjas se acendem.

Quando foi que vocês se tornaram esses dois grandessíssimos idiotas?

...

Não vão dizer nada? Estou esperando. Vamos! Digam alguma coisa! É claro que irão se calar. Nenhum idiota admite a própria idiotice. Mas existem idiotas melhores e idiotas piores. Vocês não têm talento nem para convencer alguém da sua própria estupidez. Como, então, poderiam, pelos deuses do teatro, tornarem-se atores e ganhar a vida com isso? Para ganhar a vida com teatro no Brasil precisa de talento e muita sorte. Vocês não têm nenhum dos dois. Desistam! Eu não entendo, vocês eram meus melhores amigos. Nós virávamos a noite conversando sobre cinema, teatro, música, literatura, política... E agora? E agora? Vocês ficam aí na minha frente como dois imprestáveis, sem coragem de enfrentar a plateia, dando as costas para ela, sem coragem para pegar essa lama e enfiar na minha cara e me dizer: "*Elias, seu desgraçado, cale essa sua boca!*" Vocês acham que não é para tanto? Ainda querem um motivo maior para encher minha cara de lama?

Então ouçam: vocês são atores fracassados e ainda nem começaram uma carreira. Entendam isso. Se vocês não têm culhões para ouvir críticas, escolheram a profissão errada!

Duas mesas são colocadas em frente aos dois atores voluntários. Em cada uma delas há um prato com fusilli.

Eu sei que vocês não disseram nada. Não tem problema. Estão aí, passivos, aguardando sei lá o que para agirem. Abram a boca. Vamos, abram a boca! Isso aqui é teatro! Eu já disse. Não é teatro que vocês querem?

Isso, assim mesmo. Fechem os olhos. Sim, como naquela brincadeira de criança. Abram a boca e fechem os olhos.

Elias enche as duas mãos com fusilli e enfia na boca de Ítalo e Alberto.

Comam! Comam! Comam!

Alguém na plateia lança uma bola de tênis, que acerta a cabeça de um espectador na primeira fileira.

Alberto e Ítalo jogam lama em Elias.

Gostaram do fusilli? É da cantina do *Roperto*, nosso patrocinador.

O molho vermelho com a tinta vermelha escorrendo na roupa de vocês é um lance estético. Entendem? Não, vocês não entendem que o texto que eu estou dizendo agora está sendo escrito neste exato momento por um desvairado que se diz romancista. Meu Deus, você está aqui? O autor está aqui. Já entendi, quer se apossar do meu corpo, não é? Fique com ele, eu já disse que estou doando esse corpo. Desapego, entende? Estou desapegando. Não quer? Prefere que eu continue? Então, por favor, volte ao seu lugar e seja apenas os meus dedos e digite a porcaria da história. Essa é a minha história, não a sua. Você já contou a sua história em outro livro. Aquele em que você fala sobre o seu avô libanês. Agora é a minha vez, não a sua.

Pronto, o autor se foi. Podemos continuar.

Meu papo agora é com vocês, meus amigos. Eu ainda não disse tudo. Não consigo me conformar, vocês ainda são tão jovens! Eu já envelheci. Eu sou o velho Elias, não o jovem. Posso dizer, com minha experiência de vida, que se continuarem nesse caminho, as coisas não serão boas para vocês. Confiem em mim.

Três espectadores se levantam e jogam bolas de tênis. Uma acerta a cabeça de Alberto. Outra acerta o olho de uma moça com os cabelos ruivos na quarta fileira mais para a lateral. E a terceira atinge a boca do estômago de Elias.

Maldito seja quem lançou essa bola! Malditos sejam teus filhos e netos! E filhos dos netos!

Acho que vou vomitar!

Eu sempre tive vontade de fazer isso. De vomitar sobre um prato com fusilli.

Por favor, não sintam nojo. Há coisas muito mais nojentas no mundo, posso garantir. Isso aqui é natural.

Som de cachoeira e trovões.

Estão ouvindo? A água da cachoeira vai limpar tudo e não sobrará nenhuma sujeira. É claro que isso será levado pela correnteza e irá desaguar no mar ou em outro rio. Mas daí não será mais uma responsabilidade nossa, não é verdade? Os trovões estão aí apenas para dar um quê de tenebroso à cena. É o lance estético, vocês se lembram? Essa é a referência a *Macbeth*. Entenderam? Deixa pra lá.

Atuar não é para espíritos mirins. Tem que ter envergadura amoral. A capacidade de ser uma tempestade, manter o orgasmo durante o tempo que for necessário, sair de dentro desse ser minúsculo que você é e dar espaço ao destino miserável ou grandioso de outro ser.

Vocês ainda estão aí? Eu não sei mais o que dizer. Pensei que pudéssemos fazer as pazes e nos abraçar com música do Philip Glass ao fundo. Ou rolar na lama, na tinta, no fusilli com vômito, até que a massa formada da mistura desses ingredientes se grude ao nosso corpo e nos dê uma nova pele. Um novo eu. Portanto, podemos recomeçar. Que acham?

Uma guerra com as bolas de tênis se inicia na plateia. Elias joga mais tinta vermelha em Alberto e Ítalo. Os dois atores voluntários pegam o resto de lama do balde e jogam lama um no outro. No meio da confusão, Elias ouve uma voz falando em árabe.

PAUSA DE DEZ MINUTOS.
POR FAVOR! ACENDAM AS LUZES.

Quem foi que disse isso?

Ninguém? Quem foi que falou em árabe?

Ninguém?

Alguém pode vir limpar essa merda?

5.
Som de camelôs vendendo seus produtos na 25 de Março

A CONFUSÃO TODA da cena anterior não resolveu nada em relação ao meu sentimento de culpa por ter abandonado os meus amigos. Mas sempre que ouço a voz de meu pai vinda sei lá de onde, eu paro tudo. Se não foi ninguém da plateia que pronunciou aquelas palavras em árabe, só posso acreditar que tenha sido o velho Jamil. E penso nele. No quanto a sua morte acabou com minha chance de ser feliz. Ou no quanto eu fui covarde ao dizer SIM para minha mãe.

    Jamil era um imigrante sírio, vindo de Alepo, tinha chegado ao Brasil em 1905, com apenas 8 anos de idade. Desde a sua adolescência, trabalhara como mascate, mas foi só na década de 1930 que abriu sua loja. Conheceu minha mãe, uma jovem cliente, quando ela tinha 16 anos. Dois anos depois, eles se casaram. Minha mãe era doze anos mais nova que ele. Fátima, minha irmã, nasceu em 1933.

Eu nasci no dia 1º de setembro de 1939. Exatamente nesse mesmo dia se deu início à Segunda Grande Guerra. Minha mãe sempre me lembrava desse fato. Nunca entendi por qual motivo essa seria uma informação importante para mim, nem sei por que estou dizendo isso agora. Eu que nunca iniciei nenhuma guerra, que nunca lutei por nada, é no mínimo irônico que eu tenha vindo ao mundo justamente nesse dia.

Mara, minha mãe, tinha perdido os pais ainda criança quando moravam no Rio de Janeiro. Quando foram encontrados mortos na beira do mar da praia de Copacabana, ela brincava ao lado deles construindo um castelo de areia. Filha única, mudou-se para São Paulo e foi criada por uma tia.

Conheci apenas meu avô paterno. Amin era um homem duro, não gostava de minha mãe. Ele nunca entendeu por que meu pai havia se casado com uma brasileira, com tantas pretendentes sírias e libanesas na cidade. Meu avô faleceu quando eu tinha 7 anos. Minha mãe não foi ao seu velório.

Amin foi o primeiro morto que eu vi na vida. Mas não derramei nenhuma lágrima por ele. Não me lembro de ele ter me chamado de neto, nenhuma vez. Talvez por esse motivo nunca tive vontade de conhecer meus antepassados e parentes sírios. Aprendi com meu pai a falar o básico em árabe. Essa coisa de manter a tradição não era para mim. Eu gostava mesmo era da mistura de culturas e de povos. Eu era um fruto dessa miscigenação.

Meus dois melhores amigos eram descendentes de italianos, e confesso que sempre preferi a culinária italiana a qualquer prato árabe tradicional, com exceção dos charutos de folha de uva. Jamil sempre me dizia: "Eu não te entendo, Elias, às vezes acho que pertencemos a planetas diferentes." Essa talvez seja a frase que ele mais tenha falado para mim em toda a sua vida. Jamil falava muito pouco comigo. Eu ficava pensando com qual planeta eu me identificava. Nenhum deles, além da Terra, tinha alguma possibilidade de vida. Eu não vivia em outro planeta, eu sonhava era com a Lua. Quantas vezes desejei, na juventude, ficar sozinho e esquecido dentro de uma cratera lunar qualquer!

Eu admirava meu pai e o respeitava por sua dura trajetória para construir o seu lugar no mundo e sustentar a família. Aquela coisa toda pela qual não podemos ser ingratos. Mas a minha vontade era outra, eu queria ser ator. Queria fazer teatro, queria poder encenar, ser o corpo e a voz de um ser imaginário. Eu sonhava com *Macbeth*, com *Édipo Rei*, com *Fausto*. No entanto, não tive coragem de magoar a minha mãe, nem de trair a memória de meu pai. Com isso, talvez eu tenha me condenado a uma vida com poucas alegrias.

Só um comentário antes de continuarmos. Eu sei que você pagaram o ingresso, alguns ganharam como cortesia. Por isso, tenho a plena consciência de que tenho que diverti-los de alguma maneira. E o fiz, logo no início, com aquela encenação participativa. Daqui para a frente, talvez isso não aconteça mais. Não posso garantir, estamos apenas no começo. Dito isso, podemos continuar.

Anos mais tarde, eu me consolava entre um atendimento e outro na loja, pensando em Ítalo e Alberto, que continuaram no teatro e viveram uma vida miserável, endividados e tristes. Tive de socorrê-los financeiramente algumas vezes. No começo década de 1970, Alberto se envolveu com o teatro político e foi torturado pelos militares, quase morreu. Nunca mais foi o mesmo. Dois anos depois, ele se matou, pulando do vigésimo andar do seu apartamento no Copan.

6.
Burburinho de vozes dentro da loja

ACREDITEM! Como comerciante, eu prosperei. Fiz fortuna. A pequena loja Ghandour cresceu. Ganhou mais seis andares. Além dos tecidos, passamos a vender confecção, cama, mesa e banho, no atacado e no varejo. Não posso dizer que fui infeliz ali, o que não significa ter sido feliz. Com o tempo, aprendi a me adaptar ao comércio, e era inegável que também existia em meu sangue a herança dos mascates. Esforcei-me para acreditar que "Deus escreve certo por linhas tortas" e inventei para mim que aquele era o meu verdadeiro destino. A minha paixão pelo teatro eu poderia exercê-la como espectador. Coloquei algumas pedras sobre os meus desejos e sonhos da juventude, mas nem sempre eu conseguia ocultá-los.

Alguns episódios me ajudaram a ter forças para levantar as pedras. Foi quando percebi que poderia fazer da loja meu palco, e vivia encarnando personagens. Lembro-me de certa vez socorrer uma funcionária que não conseguia convencer a cliente de que para comprar uma camisa para seu marido era necessário ter o número exato que ele costumava vestir. A cliente dizia que o seu marido não era nem alto, nem baixo, não era magrinho, mas também não estava acima do peso. "Com essas informações, você deve conseguir saber qual é o número que ele veste", insistia a cliente. Decidi resolver o impasse. Encarnei o personagem de um adivinho e pedi licença à cliente e à funcionária e perguntei à mulher se por acaso ela teria alguma fotografia do marido, qualquer uma. "Só tenho um retrato em 3x4." Pois bem, eu disse. Esse mesmo deve servir. Dei uma boa olhada no retrato, me virei para a senhora e disse:

— Três. Com certeza, seu marido veste três.

A mulher desconfiou da minha adivinhação. Mesmo assim, resolveu levar a camisa. Eu me sentia no palco, atuando, até mudei o modo de falar e de andar pela loja.

Três dias depois, vejo a cliente entrar na loja. Dei meia-volta e fui me esconder atrás de uma pilha de tecidos. Se ela viesse me acusar, eu fingiria que não estava sabendo de nada. Mas não teve jeito. Ela me descobriu ali.

— Sr. Elias, por favor.

— Pois não, como posso ajudá-la?

— O senhor deve se lembrar de que vim a sua loja para comprar uma camisa para o meu marido.

— Sim, claro que me lembro. Jamais esqueceria de uma cliente tão simpática.

— Eu gostaria de pedir uma ajuda. — Ela enfiou a mão dentro da grande sacola que trazia debaixo do braço. Eu dei um passo para trás, imaginando o que de pior poderia sair dali de dentro. Não tirou nada que eu temia. Espalhou sobre o balcão umas dez fotos 3x4. Dos filhos, do cunhado, do irmão e dos sobrinhos. — O senhor é mesmo muito bom nisso — ela disse baixinho, como se fosse um segredo só nosso. — O Otávio, meu marido, disse que nunca uma camisa tinha caído tão bem nele como aquela.

Tive, é claro, que adivinhar os tamanhos de roupas para todas aquelas pessoas em 3x4. O resultado foi que só me enganei quanto ao sobrinho. Mas foi por um número apenas. Sugeri 1, mas o menino usava 2. Ela não reclamou. Na verdade, pediu desculpas por me entregar uma foto de dois anos antes. Passei a ser procurado por outros clientes pelo talento de adivinhar medidas para camas, cortinas, mesas e número de calça e camisa, é claro. Bastava uma fotografia para que eu descobrisse. Não me lembro de ter errado uma única vez sequer. Mas para além do mistério de sempre acertar, eu também trazia gestos, tiques, um modo de falar que mudava quando me era solicitado ser Ghandour, o adivinho.

Outro personagem era o "Sem Papas". Irônico e irritadiço. Ele nasceu num dia em que, perto da hora de fechar a loja, uma cliente entrou pedindo um tecido preto com bolas brancas. Desci da estante um tricoline com bolas brancas médias.

— Esse não serve, as bolas são muito grandes.

Desci um tecido viscose com bolas menores.

— Não, essas são muito pequenas.

Busquei na estante tudo o que eu tinha na loja de tecidos pretos com bolas brancas.

— Não, esse branco é opaco. Esse também não, as bolas estão muito esparsas. Já nesse elas estão muito próximas. Tinha que ser algo entre um e outro.

Peguei uma folha sulfite e dei na mão da mulher uma caneta preta.

— Que tal a senhora desenhar aqui tanto o tamanho quanto a distância entre as bolas, para que eu possa ajudá-la melhor?

— Não. Essa folha é pequena demais. E eu não desenho bem. Que tal o senhor atender ao pedido de uma cliente?

— Bem, então, nesse caso, eu preciso dizer para a senhora que já passamos do horário de fechar a loja e faz uma hora que estou aqui tentando encontrar um tecido preto com bolas brancas. Já mostrei tecidos com bolas pequenas, bolas médias, bolas grandes, bolas minúsculas e até bolas do tamanho das bolas do meu saco!

Retire-se da minha loja que eu tenho mais o que fazer! E fui até a entrada, apontei a rua. Assim que ela pôs os pés para fora, desci a porta e fechei a loja. Fiquei ali para me certificar de que ela iria embora.

A mulher levantou as sobrancelhas e disse:

— O senhor acaba de perder uma cliente! Nunca mais piso nessa loja!

— Faz bem — respondi.

Depois desse episódio, eu ainda a vi uma vez desfilando em frente à loja, usando um vestido azul-claro com bolas brancas. Nem pequenas, nem médias, nem grandes.

Em outros episódios, o "Sem Papas" veio para me socorrer dos clientes chatos. Era um dos meus favoritos. Ainda criei outros. O cantor italiano, o espião, o louco do extintor de incêndio, o feirante e o milionário infeliz. Foram eles que me salvaram e me acompanharam durante todos esses anos trabalhando na loja.

Mamãe, quando ficou sabendo que eu adivinhava os números e as medidas das camisas e calças ao olhar para uma foto da pessoa, disse que esse era um dom que eu tinha e que, se eu quisesse, poderia desenvolvê-lo. Mas nunca quis saber dessas magias, rituais e reuniões misteriosas que a Dona Mara fazia lá em casa. Lembro-me da minha infância, das velas, das rezas, do cheiro nauseante e da fumaça que ficava pela casa toda. Mamãe se fechava na sala com um grupo de mulheres e não permitia que nem eu e nem minha irmã passássemos por ali. Meu pai parecia saber o código. Saía de casa e só voltava depois das dez da noite, quando a reunião de mamãe já tivesse acabado.

Nessas noites, ela vinha ao meu quarto, eu fingia estar dormindo, ela sussurrava algumas palavras em meus ouvidos, o ar se movimentava dentro do quarto, produzindo um vento que saía pela janela, soprava incenso pelo quarto e me dava um beijo leve nos lábios: "Agora durma, meu filho, e sonhe com eles." Eu sentia o sono me derrubar. Nunca me lembrei dos sonhos, nem soube quem eram eles. Na minha adolescência, passei a questionar por qual motivo nós não íamos às igrejas, mesquitas ou a qualquer outro tipo de templo. As paredes de casa nunca tiveram um crucifixo, nem nenhuma imagem religiosa.

Quando perguntava à minha mãe se tínhamos alguma religião, ela apenas dizia que a família era a nossa religião.

Ao final do dia, eu fechava a loja, ia para casa e me despia da máscara de comerciante. Ao abrir a porta, vestia outra máscara, a de marido e pai. Raquel, minha esposa, foi uma grande amiga com quem decidi casar. De verdade, nunca a amei. Ao longo dos anos, nossa amizade foi se tornando uma relação dura e amarga. Samir, nosso filho, nos deu alegria nos primeiros anos. Depois, parece que eu e ele não conseguíamos nos afinar mais. Eu me deitava para dormir e voltava a ser o mesmo Elias, assombrado pelo sonho perdido de ser ator, ouvindo os sussurros de minha mãe em meus ouvidos e sentindo o seu beijo leve em meus lábios.

Anos mais tarde, pude, na mesma loja, tirar a máscara. Foi quando conheci Hassan. Vivi com ele os melhores dias da minha vida adulta. Mas ainda não quero falar sobre minha história com ele. A ferida aberta pela sua ausência está longe de ser cicatrizada. Vamos mudar de assunto.

7.
Elias vai para a boca-de-cena.
Um foco de luz amarela o ilumina.
Ao fundo toca Danúbio Azul

A VIDA É UM PALCO, e todos somos atores. Outro clichê, eu sei. Mas se formos um pouco além do óbvio, quem sabe poderemos perceber que brincar com máscaras talvez seja o melhor a se fazer, para não correr o risco de cravar na pele uma máscara única. Qual é a máscara que me cabe? Com o tempo, a gente se esquece no espelho. O que é máscara? O que não é máscara? O rosto se conforma com a forma do traiçoeiro. E disso eu sei.

Não é preciso, na verdade, eu me olhar no espelho para reconhecer a decadência da matéria, ou mesmo acompanhar a sua evolução. Posso sentir a cada manobra das articulações dos pés, pernas e braços que a vida útil do meu corpo se esvai. *(Elias ensaia um passo de dança.)* Se eu ainda confiro no espelho a minha decadência, é apenas para ter mais uma confirmação, vinda de outra fonte, de que a vida, a minha vida, está na reta final. E isso me acalma. Viver só não é loucura porque morrer é o nosso destino.

Desliguem a música, por favor!

Antes de continuar, quero pedir um minuto de silêncio. (...)

Agora, por favor, coloquem para tocar ao fundo uma música minimalista e melancólica. Pode ser algo do Ludovico Einaudi, para dar um clima ao absurdo da existência, e também efeitos de risos tímidos, como se estivessem vindo da plateia. Isso. Exatamente isso. Podemos seguir.

Em 2018, tomei a decisão de me mudar definitivamente para o sítio. Eu tinha me cansado dos sons desafinados do mundo urbano, dos canalhas saindo do armário com a possibilidade da ascensão de um presidente fascista ao poder, o que veio a se concretizar. O cheiro podre, o mesmo cheiro podre que pairava sobre as ruas nas décadas de 1960 e 1970, parecia ter voltado. Eu não tinha mais forças para participar de um mundo dominado por homens estúpidos. Lembro-me de estar sentado no Café Martinelli e pensar que, quando a morte viesse, eu queria estar sozinho. Apenas eu e ela. Esse talvez tenha sido o maior motivo que me levou a tomar tal decisão.

Aos 80 anos de idade, eu havia respirado a vida em demasia. E me cansava das vozes dissonantes em minha cabeça. E ficava entediado com os desejos humanos em meu corpo, com os ritos diários de me levantar, me lavar, comer, beber e dormir. Das ideologias, das palavras mortas nos livros, das horríveis imagens repetidas na paisagem urbana, dos meus gestos e movimentos automáticos, dos gritos contidos dentro de mim. Estava cansado de todos os gritos que não tive coragem de gritar, de tudo que foi abafado pela onda frenética do tempo. Por isso, me mudei.

No sítio havia mais espaço para espalhar o desespero e mais silêncio para assimilar a qual voz eu devia dar crédito. Não queria que a minha boca se abrisse para balbuciar as mesmas palavras de sempre, nem mesmo queria ouvir vozes humanas. Só os sons dos animais, insetos e das águas da cachoeira batendo nas pedras me davam algum motivo para seguir adiante.

Desde a mudança para o sítio, algumas perguntas começaram a me perseguir. Fosse ao colher legumes e verduras em minha horta, sozinho à mesa para jantar ou quando ficava observando as montanhas da varanda da casa.

E se eu tivesse dito *não*?

E se eu tivesse tido coragem e vivido outra vida?

Eram perguntas que a essa altura da vida já nasciam sem respostas. Ou melhor, a obviedade das respostas me causava rancor. No entanto, nunca deixavam de me atormentar e eram repetitivas e obsessivas. O que eu não sabia é que a vida ainda seria capaz de me surpreender.

Com o passar dos anos, entendi que o que realmente me assombrava não era a vida que não vivi, mas a vida vivida.

Som de chuva forte. As luzes se apagam.

SEGUNDO ATO

Elias caminha até uma cadeira de balanço colocada no lado esquerdo do palco. Olha para a plateia e sorri com satisfação para as pessoas.

8.
Som de vento nas folhas das árvores. Latidos de cachorros ao fundo

PEÇO MAIS UMA VEZ a boa vontade de todos para que continuem comigo. Preciso contar. E contar supõe-se que seja para uma ou mais pessoas. Caso alguém na plateia queira em algum momento se levantar para beber água ou ir ao banheiro, fique à vontade. Temos um longo caminho a percorrer.

No sítio, sentado na cadeira de balanço, herdada do meu pai, que herdou do meu avô, eu via alguns urubus pousados na cerca de madeira enquanto outros planavam em círculos no céu. Eles sentiam o meu cheiro ou o de algum animal morto nos arredores do sítio. Quando eu era bebê, minha mãe contava que eu tinha cheiro de algodão-doce. Nenhum bebê tem cheiro de algodão-doce, eu pensava. Isso era uma das muitas besteiras que minha mãe inventava para ter o que contar aos meus amigos de escola e me fazer passar vergonha. A minha sorte é que eles não eram muitos.

Não sei quanto a vocês, mas eu nunca fui popular na escola.

O cheiro de um velho como eu, os urubus sentem de longe, são mestres nisso. Não é como o cheiro de carniça. Se fosse, eu também sentiria. Eu mesmo não sei reconhecer o meu próprio cheiro. As pessoas têm nojo dessas aves, como têm nojo do cheiro dos velhos. Da pele escamosa, do azedume da morte. Os velhos estão no mundo para lembrar que o corpo definha, padece e acaba. Estamos, como um monge budista, sempre lembrando aos outros da nossa impermanência.

Eu gosto dos urubus, pelo trabalho sujo que fazem para deixar o mundo mais limpo, por se alimentarem do que se decompõe, não do que compõe. Não do que está em pé, inteiro, mas daquilo que se desfaz. Passamos a vida tentando compor um personagem. A morte é a decomposição dele. Mas acontece aos poucos, ainda quando estamos vivos. É preciso aprender com os urubus a se alimentar da decomposição.

Um albatroz, por exemplo, não se sujeitaria a isso. "Xô, xô, xô", eu gritava para os urubus para que voassem dali. "Saiam da minha cerca! Ainda não chegou minha hora."

AINDA NÃO!

Mas eu sabia que era só meia-verdade. Os urubus também.

Eu queria falar de outras coisas com vocês, queria poder contar piadas. Eu adorava contar piadas. Quando foi que o meu humor se perdeu? Alguém na plateia, por favor, traga o meu humor de volta. Afinal, acho que eu já disse isso, rir é o melhor remédio.

Enquanto eu tentava espantar os urubus, meu celular tocou, mas não consegui atender a tempo. Li na tela do aparelho que tinha uma chamada perdida de Samir, meu filho. Eu não pretendia retornar. Se fosse urgente, ele ligaria de novo. Samir herdou a loja. Ele é o próximo na sucessão a herdar a cadeira de balanço, mas nunca sequer se sentou nela, sempre preferiu aquelas cadeiras que encontramos em aeroportos, onde se deposita uma quantia em moeda ou dinheiro e ela se encarrega de fazer uma massagem mecânica por alguns minutos. "Uma cadeira de balanço não te cobra nada, mas também não te dá nada", é o que Samir sempre diz. Não era assim que eu percebia. Aquela cadeira me servia havia anos. Li muitos livros em sua companhia, bebi garrafas de vinho, compartilhei com ela minhas angústias e arrependimentos. Uma companheira fiel a me dar colo. Eu me lamentava ao imaginar que, depois da minha morte, a cadeira acabaria numa caçamba qualquer na rua. Samir seria capaz de fazer isso. Suas ligações para mim tinham um objetivo. Eu sabia que ele queria falar comigo sobre os rumos da loja. Mas falar sobre a loja, sobre o desastre da administração dele, não estava nos meus planos. Eu queria apenas ficar em paz em meu sítio. Por isso, não retornaria suas ligações tão cedo. Enfim.

Prestem atenção! O que tenho a dizer agora é muito importante para esta história.

O sol de trinta graus havia queimado as folhas de algumas plantas. Eu tinha desistido de fazer qualquer coisa no jardim. Havia um ano que eu jogara um caminhão de terra na piscina para fazer um jardim em seu lugar. Não que eu não gostasse da piscina, pelo contrário, minhas lembranças com ela eram boas. Tão boas e irrecuperáveis que era melhor pensar que com uma cachoeira a poucos metros do sítio, sem netos que viessem me visitar, ela se tornaria um buraco inútil de azulejos brancos com desenhos de peixinhos azuis.

Depois de um dia de muito calor, às cinco da tarde, as nuvens se movimentaram no céu, arredondadas, cinza-chumbo, anunciando o pé d'água que cairia. As andorinhas voavam ao redor da casa. Alguns cães uivavam, distantes dali. O vento trazia a agonia daqueles animais até a minha varanda. Entre o ir e vir da cadeira de balanço foi que percebi a presença daquele sujeito a me observar da estrada de terra em frente ao sítio.

9.
Som de raios, trovões e bossa-nova ao fundo

ERA UM HOMEM dos seus 20 anos de idade. Um jovem ainda. Ele se comportava de modo que quem o visse ali pensasse apenas se tratar de alguém cujo caminho fosse aquele e não outro. Como pode existir um caminho que seja de alguém? Eu nunca tive a certeza de um caminho a seguir. Na minha idade, é tarde demais para descobrir que não existe um caminho que seja forjado pelos deuses com exclusividade para você. A maior parte dele já foi trilhado e só lhe resta seguir adiante, fazer o que deve ser feito, dar algumas pausas e respirar. Contemplar a paisagem, voltar a pisar o chão, e depois, imagino, finda-se a angústia da existência com o último suspiro. Nunca fiz questão de saber a respeito do que vem depois. Se é que esse depois existe.

Parei de balançar a cadeira e me detive na figura daquele jovem. Da varanda da casa até a rua, estávamos distantes uns cem metros, o que, com minha vista cansada e os óculos vencidos, não me ajudava em nada a perceber detalhes da sua fisionomia. Ele não fazia nada além de observar. Observar o sítio e me observar. Ou pelo menos parecia olhar em minha direção. Às vezes caminhava para a frente na estrada e voltava. O que era curioso é que ele não se intimidava mesmo sabendo que eu estava ciente da sua presença. Confesso que me divertia com a presença dele. O sítio ficava tão longe de tudo que raramente alguém passava por ali. Para mim, aquilo se tornara um evento social. Joanópolis tinha apenas 13 mil habitantes. O sítio era o meu refúgio na zona rural.

Uma ventania súbita reorganizou as nuvens no céu, e elas estavam todas inquietas. Clarões, raios e estampidos apavorantes iniciaram seu espetáculo. Descargas elétricas seguidas por sons graves. As flores do grande ipê roxo esfarelavam dos galhos e cobriam o chão compondo um manto violeta, que se manteve sobre a grama durante poucos segundos, até ser desmanchado pela força do vento. Mas ainda eu me mantinha ali na varanda.

O modo como o sujeito me olhava tinha a curiosidade e o desprezo de quem olha para um artefato obsoleto, como uma fita K-7 ou um aparelho de fax. Por um momento pensei que poderia falar com ele, quem sabe me explicasse o que estava fazendo por ali, sobrevoando o sítio como uma ave de rapina. Mas me detive. Achei melhor ignorá-lo. A estrada era livre. Talvez fosse a minha solidão que ficava arquitetando essas besteiras. Resolvi que iria cuidar da minha vida e deixei de me preocupar com ele. Aquilo não me dizia respeito. Aquele era só o receio de um homem que viveu toda a sua vida numa megalópole. Acontece que eu estava no meio do nada, território ideal para viver os últimos dias em paz. Entrei na casa e fui preparar o jantar. O jovem ainda ficou lá fora, exposto ao céu que em breve cairia sobre a sua cabeça. Não demorou e veio o temporal. Espiei pela janela e pensei ainda ter visto ele em pé no portão de entrada do sítio, sem desviar o seu olhar da casa. Não tive certeza de que o via, o dia tinha se transformado em noite e a água que despencava do céu não facilitava a visão. O dilúvio se estendeu até a manhã do dia seguinte.

10.

Canto de andorinhas-do-campo

NAQUELA MADRUGADA, tive um sono perturbado. As andorinhas alvoroçadas entre o forro e o telhado, os trovões e os meus sonhos não contribuíram para o meu sossego.

Em um dos meus sonhos, eu estava dirigindo a minha picape a caminho da cidade. Um urubu que planava no céu caiu no teto do carro, amassando a lataria. Parei. Em cima do teto, o urubu ainda respirava. Fiz menção de tirá-lo de cima do carro, e ele agitou as asas. Puxei-o lentamente para não o machucar. Quando consegui pegar o seu corpo todo em meus braços, vi que eu carregava o sujeito que me vigiava na estrada, não o urubu. Ele estava morrendo. Acomodei-o no chão, quis chorar, mas não consegui. Não tinha o que eu pudesse fazer, ele estava muito machucado. Olhei para o céu e havia um redemoinho formado por urubus-de-cabeça-preta. Começaram a cair com violência e velocidade, num mergulho kamikaze, e se estatelavam nas pedras das montanhas, na estrada, em cima do meu carro. Uma chuva de urubus. Entrei correndo na picape para não ser atingido. Tanto o vidro dianteiro quanto o traseiro trincaram. Não durou nem cinco minutos o ataque suicida, mas foi o suficiente para que os corpos mortos dos urubus fechassem a estrada. Acordei transtornado com a imagem daqueles urubus agonizando e com o jovem que, além de me vigiar, também invadira o meu sonho.

11.
Som do bater de asas de urubus

NA MANHÃ SEGUINTE, com uma xícara de café nas mãos, olhei pela janela e vi que alguns galhos grandes do ipê tinham sido derrubados, não sei se pelo vendaval ou pelos raios. O orvalho desenhava gotículas de vapor de água nas plantas, nos vidros das janelas e no gramado do sítio. Saí para avaliar o estrago. No chão, próximo ao ipê, um urubu-de-cabeça-preta agonizava, como em meu sonho. Só que estava debaixo de galhos e flores roxas. A ave tentou ainda mover as asas, mas não tinha forças para alçar voo. Assustou-se com a minha presença. Removi os galhos pesados que estavam sobre ele. Agachei-me ao seu lado e lhe fiz companhia, até que, por fim, parou de respirar.

    O ipê tinha sido castigado pelo temporal, ficado quase nu. Suas flores espalharam-se, colorindo o sítio. Arrastei o urubu morto para perto do portão. Peguei dois sacos grandes de lixo, ensaquei e depositei o seu corpo leve no porta-malas da minha picape. Eu precisava ir à cidade naquela manhã para fazer compras e o deixaria em algum terreno descampado no meio do caminho, para que servisse de alimento aos seus parentes.

Bebi outra xícara de café e peguei as chaves do carro. Ainda me intrigava saber o que havia acontecido com aquele urubu. Pensei na hipótese de que o peso de suas asas molhadas o tivesse impedido de voar. Buscou refúgio no ipê. Escondido entre os galhos à espera da calmaria, fora atingido por um raio e tombou. Essa foi a sua infelicidade: estar na hora errada, no lugar errado.

Ao devanear sobre o infortúnio daquela grande ave, uma frase me veio à mente:

Estou na antessala da morte.

Antes mesmo que eu abrisse a porta do carro, aquelas palavras ficaram rodando dentro da minha cabeça. De onde vieram? Não parecia algo novo. Uma frase lançada aleatoriamente na tela aflita dos meus pensamentos.

"Estou na antessala da morte."

Novamente fui surpreendido, como se uma voz melancólica e rouca sussurrasse em meus ouvidos. A minha própria voz? Só que dessa vez as palavras se espalharam por todo o meu corpo e se misturaram ao meu sangue. Fiquei paralisado por alguns segundos, até que uma ideia idiota saltou do lugar de onde jamais deveria ter saído e me disse: *Quem sabe essa frase possa ser o início de um livro de memórias ou um longo monólogo.* Não é isso que as pessoas fazem no fim da vida? Relembram? Eu mesmo seria o dramaturgo, o ator e o diretor. A cena aconteceria diante da plateia de vaga-lumes, sapos, besouros e grilos, os visitantes noturnos do sítio. Ou mesmo diante de uma plateia como vocês. Besteira, uma grande besteira. O que eu teria para contar? Enfim, aqui estou neste palco. E vocês seguem comigo.

Um minuto, por favor, estou com sede.

Alguém sobe ao palco com uma garrafa de água. Elias bebe.

Obrigado. Voltando.

Dei um soco no capô do carro. Os ossos da minha mão doeram, mas o soco não amassou a lataria. Era no mínimo uma grande estupidez eu pensar naquilo. Não havia mais tempo para me lamentar. Assim como aquele urubu, talvez eu também estivesse no lugar errado, na hora errada, vivendo uma vida errada.

Ainda fora do carro, avistei três urubus planarem no céu e pousarem no alto do ipê-roxo. Pensei que eles pudessem estar à procura de seu parente. Talvez o perfume do cadáver do primo estivesse exalando no ar. Sei que os urubus são monogâmicos. Quem sabe um daqueles urubus no céu fosse o companheiro ou companheira do cadáver no porta-malas do meu carro.

Eu não sentia nenhum cheiro de carniça. Mas o olfato humano não se compara ao olfato dessas aves. Eu não poderia revelar a eles que o corpo de seu parente estava dentro de dois sacos de lixo. Preferi fingir que não tinha percebido a presença deles ali.

Abri a porta e subi no 4x4. Fui à cidade fazer compras. Um mal necessário. Um mal porque detesto dirigir. Mas não tinha como evitar, o sítio ficava longe de tudo. Se eu quisesse ter o que comer, entre outras coisas não menos importantes, teria que ir à cidade.

No meio do caminho, estacionei à beira da estrada de terra, carreguei o cadáver do urubu até um terreno com vegetação baixa, retirei os sacos e o acomodei no solo, na esperança de que servisse de alimento aos outros urubus. Não me sentia bem por abandoná-lo sozinho. Não fazia ideia de como respeitar o seu cadáver. Pedi desculpas em voz alta, mesmo não sendo culpado pela sua morte. Dei as costas para ele e voltei para o carro. Dirigi a caminho da cidade.

12.
Ao fundo toca um bolero

ANTES DE CONTINUAR, preciso que dois voluntários subam ao palco e dancem esse bolero para entreter o público enquanto eu vou ao banheiro. Obrigado. Obrigado.

(...)

Palmas para os dançarinos. Podem voltar aos seus lugares, por favor. Muito obrigado por essa dança.

Voltando. Primeiro passei na farmácia. Estava com uma pequena lista em mãos: relaxantes musculares para as dores na lombar; aspirinas para as dores de cabeça; vitamina D, tomo pouco sol; eparema, faz tempo que o meu fígado já não é mais o mesmo e eu não dispenso um bom vinho; pastilhas para a garganta e colírio, meus olhos ressecam muito; vitaminas para fortalecer o sistema imunológico e, a pedido do neurologista, eu estava tomando haloperidol, para minha recente agitação noturna. Eu sofria com insônias e, às vezes, acabava dormindo durante o dia, além do tremor na mão esquerda que me perseguia. Passei, ainda, em uma loja de construção para comprar ferramentas para jardinagem que estavam faltando: rastelo novo, uma pá grande, a que eu tinha era muito pequena, e um bom martelo para quebrar os cocos secos. O martelo que eu tinha parecia de brinquedo, da última vez que eu havia tentado quebrar os cocos, a cabeça se soltou do cabo e quebrou dois copos de vidro que estavam na pia.

Fui tomado por uma vontade repentina de comer coco. Lembrava-me do velho Jamil Ghandour, quando quebrava os cocos depois do almoço e comia a polpa como se fosse uma criança devorando uma barra de chocolate. Meu pai era distante de todos nós. Minha mãe, minha irmã e eu. Nunca presenciei uma manifestação de carinho ou afeto pela minha mãe. Nem mesmo por nós, seus filhos. As únicas vezes em que senti suas mãos em meu corpo foram para me bater ou me segurar com força e me ameaçar com o dedo indicador batendo na minha testa. "Tem alguém aí dentro?" "Chega de devaneios, Elias." Jamil se fechava em seu mundo particular, ao qual não tínhamos acesso. Papai sempre foi uma incógnita para mim. E ainda é.

No supermercado, enchi o carrinho com pacotes de macarrão, arroz, feijão, litros de azeite, dez garrafas de vinho tinto, merlot e cabernet sauvignon, pães, torradas, azeitonas, queijo branco, ovos, pó de café, manteiga e atum. Os legumes e verduras eu pegava da horta no sítio. Comprei ainda uma melancia, duas pencas de bananas e uma caixa com morangos.

Nos corredores do supermercado, ouvi uma voz. Dessa vez parecia ter saído dos alto-falantes.

"Estou na antessala da morte."

Minhas pernas vacilaram. Olhei para os lados e fui tomado por uma tontura. O mundo saiu do eixo. Tentei empurrar o carrinho, mas estava sem forças, senti que a qualquer momento eu perderia o apoio do chão. Agarrei-me a uma estante com latas de ervilha, milho e molho de tomate e pensei que poderíamos desmoronar juntos naquele abismo que se abriu abaixo dos meus pés. Antes que eu me arrebentasse no chão, alguém me segurou pelas costas e me deu apoio até que minhas pernas voltassem a me manter em pé e seguro. Agradeci. Achei que fosse algum funcionário do supermercado. Não era.

— Se o senhor precisar, posso ajudá-lo a carregar as compras. — Era um adolescente usando uma camiseta camuflada com a seguinte frase estampada no peito: *"Exército de Jesus — resgatando vidas."* Olhei para aquilo e pensei no disparate da junção das palavras: exército + Jesus. De qualquer maneira, eu não entendia bem de nenhum dos dois. Mas o pior para mim era a frase: resgatando vidas. Aquilo me elevou os nervos. Do que se tratava? De qual ponto de vista uma vida estaria perdida e outra, salva? E o que era se perder e se salvar? Eu olhava para o rapaz e pensava que resgatar uma vida seria desfazer a lavagem cerebral que aquele tipo de religião fazia com ele. Puro charlatanismo fundamentalista. Tive vontade de rasgar a camiseta e atear fogo nela. Na verdade, depois me perguntei por qual motivo me senti tão furioso com aquela frase. Ainda não sei responder. Só tenho uma certeza, a de que eu ainda queimaria aquela droga de camiseta.

— Obrigado, mas ainda consigo carregar a minha própria compra — disse-lhe.

Em geral, velhos como eu são vistos como estorvo na cidade, demoram no caixa do banco e do supermercado, dirigem muito abaixo do limite de velocidade, têm dificuldades de audição, visão, enfim. Mas sempre existe uma alma querendo ganhar pontos no céu. Nunca suportei esse tipo, os bonzinhos que me tratam como doente terminal, que se aproximam para oferecer ajuda como se eu fosse uma parcela da dívida que eles têm com Deus, prestes a ser quitada caso ajudem o velhinho a carregar as compras ou seja lá o que for.

— Desculpe, mas eu vi que o senhor não estava muito bem, então eu pensei que...

— Pensou errado. — Sei que fui mais grosseiro do que deveria.

— É que o meu avô sempre diz para eu oferecer ajuda aos mais velhos, que os mais velhos já viveram bastante e...

— Diga a seu avô que existem muitos tipos de velhos no mundo e que o velho que ele é não combina em nada com o velho que eu sou. E mais: diga a ele para não dar conselhos aos netos. Não é por que ele é velho que se tornou um sábio. — Nunca suportei a ideia de que os anos vividos trazem em si alguma sabedoria.

O jovem me olhou como se fosse tirar os meus olhos com uma colher e saiu pisando o chão como quem mata baratas, em vez de simplesmente andar.

— Agora sim reconheço alguém aí dentro, não um boneco de ventríloquo — falei, mas não sei se ele me ouviu.

Ainda não sei dizer por qual motivo fiquei tão nervoso com aquela situação. Agora mesmo, em cima deste palco, só de me lembrar da cena eu sou tomado por um mal-estar terrível. Vejam! Estou suando e a minha mão esquerda está tremendo. Talvez a mistura de juventude com religião, suposta sabedoria dos mais velhos e a minha própria decadência física. Além do fato de que sempre detestei supermercados. São labirintos de consumo, repetições dos mesmos gestos, escolhas dos mesmos produtos e, o pior de tudo, um lugar que expõe nossos desejos, escolhas e fragilidades. No supermercado, todos somos vulgares. Estamos sempre em busca do menor preço num produto com relativa qualidade. O supermercado nos revela. Ninguém deveria saber o que eu como, quais produtos uso para limpar a casa, o tipo de sabão em pó que uso para lavar as minhas roupas, muito menos qual papel higiênico uso em meu banheiro. E tudo é feito sem nenhum tipo de privacidade. Todos conseguem ver o que coloco dentro do meu carrinho. Sempre achei isso uma invasão.

O que vocês acham? Enfim, nada tão importante assim para eu me perder em devaneios com esse assunto, não é mesmo? Sigamos.

13.

Ventiladores ruidosos são apontados para a plateia. Isso dura o tempo de dois minutos. Depois, ao fundo se ouve Libertango, do Piazzola

DEPOIS DESSE INCIDENTE desagradável, paguei as compras e carreguei tudo para o carro. Sozinho. Saí do supermercado com o corpo todo tremendo. O fato é que a cada dia ficava mais difícil sair do sítio e enfrentar a cidade, mesmo uma pequena cidade como Joanópolis. O contato com mais de três pessoas já me deixava irritado.

No caminho de volta para o sítio, parei novamente na estrada e vi que o cadáver do urubu ainda estava lá, solitário, sem nenhum visitante faminto. Fiquei por um tempo ali, esperando para ver se os urubus apareceriam.

Fazer companhia para aquele urubu morto me trouxe paz. Aquele terreno velava o seu corpo. Mas o infeliz não tinha muitos amigos. Encostei-me no carro e me pus a pensar na morte. Minha morte seria tão vasta e silenciosa quanto a dele? Ou seria visitado por pessoas com quem eu já não falava há anos, dizendo uns aos outros o quanto eu era um bom sujeito, honesto, digno, bem-humorado, um patrão bondoso, e se lembrariam de alguns causos. Ririam às minhas custas e chorariam também. Meu último evento social do qual, como anfitrião, eu participaria apenas na memória dos convidados. Eles me fechariam no caixão e me enterrariam. Pronto. Voltariam para as suas casas ou para algum restaurante ou bar, ligariam a televisão, tomariam uma cerveja assistindo ao futebol ou à telenovela e assim teriam a certeza de que apenas eu havia morrido naquele dia.

Senti inveja do urubu. Sozinho, em silêncio, ele iria se decompor a céu aberto ou seria comido pelos seus pares, o que era justo. Mas a morte não era apenas velar e perceber um corpo se decompondo. Ou era? A morte era também o cessar de todas as perguntas. Era também nunca mais ter respostas. Ou era um nada? A perda da consciência? Consciência em relação a quê? O que sinto é a consciência de que minhas costas ardem, minha mão esquerda treme, tenho insônias e sonos agitados, minhas pernas fraquejam, meus olhos se cansam, minha pele seca e rasga. A consciência da velhice é uma merda. O tempo se transforma num inimigo e cada segundo vivido significa estar mais próximo de não estar vivo. O futuro não existe, apenas o passado e o presente. Por isso, aquele urubu é alguém que merece meu respeito. Morreu por uma fatalidade, um acidente, não como eu, que venho morrendo aos poucos, deixando meus pedaços pelo caminho, pedaços que não consigo mais colar ou remendar em meu corpo. A velhice vai abrindo buracos que vão sendo preenchidos pela morte, até não ter mais nenhum buraco e tudo ser apenas desaparecimento. Ser velho é apodrecer no paraíso.

Pensar sobre a morte não era algo que fazia parte das minhas preocupações até pouco tempo. A morte para mim sempre foi jovem ou adulta. Nunca velha. Quando cheguei aos 65 anos, me dei conta de que nem meus pais e nem minha irmã souberam como era estar vivo nessa idade. Nenhum deles envelheceu ao meu lado. Eu acreditava que tinha passado da idade de morrer. Foi só quando comecei a reconhecer o declínio do meu corpo que passei a pensar sobre a morte, o sono eterno, a vida pós-morte, a terra prometida, o julgamento final, o nada, a reencarnação, o purgatório, o inferno, o paraíso, a realidade alternativa, a consciência quântica, o caminho do Bardo, enfim, não cheguei a nenhuma conclusão. Parecia que eu precisava escolher um desses modos de morrer ou viver, caso contrário, eu seria levado para o esquecimento total, de mim e dos outros. E ponto-final. Eu preferia quando nós éramos pó de estrelas. Voltar a ser pó de estrelas seria algo desejável. Ser velho é deselegante e sem brilho.

Quase meia hora depois, apareceram cinco urubus planando no céu, pousaram ao lado do cadáver, mas não demonstraram interesse. Talvez não fosse apetitoso um cadáver muito fresco. Eles ainda cercaram o corpo por alguns minutos e voaram. Os urubus não eram canibais, nem eram afeitos a velórios. Ao menos aqueles não eram. Havia um respeito no modo como cercavam o cadáver. Talvez esse fosse o ritual. Diferente de nós, humanos, os urubus sabiam que a morte deveria ser reverenciada sem truques e espetáculos. Enquanto estiveram ali, não disseram nenhuma palavra, nem contaram causos sobre aquele parente de cabeça preta. Nem riram ou choraram.

14.

Som de vozes e risadas

TRÊS BACANTES NUAS invadem o teatro pulando sobre as cadeiras dos espectadores, depois sobem ao palco carregando um urubu morto e banham o meu corpo com vinho, dançam embriagadas, lascivas, me beijam dos pés à cabeça, estou em êxtase e danço. Elas gritam como criaturas selvagens, lançam os pescoços para trás, deixam as gargantas expostas, os olhos rolando, agitam-se, eufóricas, os sexos escancarados em oferenda. Brinco com elas e dou ao meu corpo o prazer que na velhice ainda não tinha experimentado. Sinto a presença de Dioniso dentro de mim e me entrego. Extasiado no chão do palco, meu corpo vibra.

Recebo das ménades uma máscara e a visto. Fico em pé. Sou outro. Um último suspiro, e tombo. Ofereço a Dioniso o meu fim. As bacantes estão num frenesi possesso. Vejo no chão do palco as folhas roxas do ipê do meu sítio.

Fecho os olhos. E prendo a respiração. Ouço o silêncio uníssono da plateia e fico esperando passar, logo passará. Conto os segundos e os minutos mentalmente, até que a luz se apaga, e pronto. Escuridão. As bacantes saem de cena. Ainda estou vivo.

De volta ao sítio, desci do carro para abrir o portão de entrada, olhei para o meu jardim inacabado, um retrato da minha vergonha. Edgar, o jardineiro, que vinha a cada quinze dias me ajudar com as plantas e aparar a grama, dizia que era preciso diversificar as espécies de plantas, algumas só iriam bem em vasos, e outras, direto na terra, caso eu quisesse um jardim bonito e que ficasse pronto um pouco mais rápido. Não sei dizer o motivo, mas fui vencido pelo desânimo. As plantas, para vingar, tinham que gostar de muito sol e de muita chuva, me aconselhava o jardineiro. Essa minha obsessão pelo jardim não fazia nenhum sentido, quer dizer, até os meus 79 anos eu nunca tinha me interessado por jardins e plantas. Talvez a única justificativa possível para a minha obsessão seja a beleza. Um jardim harmonioso ou selvagem tem a mesma capacidade de nos dar uma experiência estética que uma pintura pode nos dar.

Ainda dentro do carro estacionado ao lado da casa, eu estava exausto e suado. Encontrar pessoas me cansava muito. A vida em solidão vinha me ensinando que o velho ditado *antes só do que mal acompanhado* era, filosoficamente falando, de uma lógica certeira. Se estou só, dependerá do meu estado de humor estar bem ou mal acompanhado. Acompanhado, estarei sempre à mercê do humor de outra pessoa, tendo que compartilhar o pote de manteiga, o cobertor, o banheiro e a cama. Conversar, ser gentil, essa representação empática toda. Por isso, o melhor para mim, sem dúvida, era ficar só e evitar ao máximo possível o contato social com humanos.

Claro que, aqui com vocês, é diferente. Aqui há um motivo maior para estarmos juntos. Aqui, tanto vocês quanto eu fizemos um pacto em que eu ofereço entretenimento e um pouco de beleza e vocês me pagam por isso. Portanto, não se ofendam. O nosso contato não é social, é estético.

Vivi a vida toda sorrindo, estendendo as mãos e sendo gentil, mesmo quando a vontade era dar um tiro na nuca de alguém. Já tive a minha quota de socialização, paguei pelos meus pecados. Desci do carro. Eu precisava mijar e lavar o rosto.

15.

NAQUELA NOITE, Samir havia telefonado algumas vezes, mas não quis atendê-lo. Eu sabia que meu filho queria conversar sobre as mudanças que vinha fazendo na loja. Havia três anos que eu deixara a direção nas mãos dele. Durante anos, estive à frente do negócio. Aos 77 anos, eu me aposentei. Logo que Samir assumiu em meu lugar, foi uma devastação. Em pouco tempo, ocupou três dos seis andares da loja com produtos chineses: relógios, aparelhos de som, bolsas, tênis, e deixou apenas um andar para os tecidos. Dos Ghandour, a loja quase ficara apenas com o nome. Raquel, minha ex-esposa, dizia que gostava das mudanças feitas pelo filho, chamava de modernização. São os novos tempos, ela dizia. Na última conversa que tive com ela ao telefone, eu disse:

— O Samir ainda vai acabar com a loja, Raquel!

— Deixa disso, Elias. Samir sabe o que está fazendo.

— Espero que saiba mesmo, mas não concordo.

— Agora é a vez dele, Elias. Foi assim quando o seu pai morreu e você assumiu a loja.

— É muito diferente. Não faça essa comparação ridícula! Se o Samir estivesse no meu lugar, provavelmente a loja nem existiria mais.

— Você nunca ouviu o Samir. Essa é a verdade. Nunca perguntou a opinião dele. Você sempre desprezou o garoto!

— Você disse bem, é isso! Samir ainda é um garoto. Acha que a loja é um brinquedo. Eu nunca precisei perguntar nada a ele, sempre soube da capacidade do nosso filho de estragar as coisas.

— Pelo amor de Deus, Elias! Você nunca gostou do menino.

— Ele não é mais um menino, Raquel! E isso não é verdade. Quando ele era criança, nós nos dávamos muito bem. Foi depois que as coisas desandaram.

— Você sabe por qual motivo elas desandaram, não sabe?

— A nossa separação? É disso que você está falando?

— Não. Estou falando do fato de você ter saído de casa e ter esquecido que tinha um filho.

— Que bobagem, Raquel! Lá vem você de novo com essa história de eu ter esquecido o Samir. Você sabe muito bem que as coisas não aconteceram dessa maneira...

Enfim, vamos parar essa conversa por aqui. Não vou ficar repetindo algo que eu já lhe disse centenas de vezes. E que você teima em não entender.

— Isso! É sempre assim, você sempre foge, Elias!

Nunca foi preciso que eu e Samir brigássemos efetivamente para saber que não tínhamos mais nenhum afeto um pelo outro. As lembranças boas que eu tinha de Samir eram de sua infância. De quando éramos só eu e ele. Vivíamos o que se pode chamar de uma relação plena entre pai e filho. Nós costumávamos ir ao cinema, ao teatro, aos parques, ao circo. Eu lia histórias para ele antes de dormir. Samir pedia que eu inventasse novas histórias quando se cansava do Andersen e dos irmãos Grimm. Íamos juntos comer esfihas no restaurante Raful. As melhores esfihas de São Paulo. Mas o que mais gostávamos de fazer juntos era nadar na piscina de retalhos que ficava no meio da loja.

Quando acabava o expediente, entrávamos no grande cercado de madeira cheio de retalhos de tecidos e ficávamos só de cuecas. Nadando. E ríamos até a barriga doer. Samir adorava. Mas nem sempre era assim. Samir era teimoso e às vezes não me obedecia, não fazia o que eu pedia a ele. Atormentava os funcionários da loja, subia nas estantes e corria atropelando os clientes. Não sabendo como controlá-lo, eu o trancava no banheiro dos fundos até que ele se acalmasse e só abria a porta quando ele me prometia que nunca mais faria aquilo, que voltaria a ser o verdadeiro Samir, não aquele menino inconveniente que importunava as pessoas. Ele sempre quebrava sua promessa. Certa vez, o esqueci no banheiro, fechei a loja e fui para casa. Samir tinha pegado no sono. E o Samir? Raquel me perguntou. Voltamos para pegá-lo. O menino tinha chorado tanto que os seus olhos estavam inchados e vermelhos.

Mas isso tudo mudou quando Samir chegou aos 12 anos.

No começo da adolescência, ele perdeu o interesse por tudo o que nos unia. Só o futebol lhe interessava. Eu, que detestava futebol, até fui com ele a alguns jogos. Mas Samir já não queria mais ir ao teatro, nem mesmo o cinema lhe interessava. Fomos nos distanciando, até que um dia não éramos mais pai e filho. Morávamos apenas na mesma casa. Quando ele fez 14 anos, eu me separei de Raquel.

Samir hoje é um homem de 35 anos, mas age como um jovem de vinte e poucos anos. Continuamos a manter distância um do outro. Desde que me mudei para o sítio, não nos vimos mais, apenas trocamos algumas palavras pelo telefone, e só.

O fato é que Samir tinha deixado uma mensagem na caixa postal do meu celular dizendo que precisava conversar e que tinha pensado em vir ao sítio. Ouvi o seu recado e abri uma garrafa de vinho. Aquele mundo dos negócios da família já não era algo que fazia parte das minhas preocupações, e me irritava profundamente ter de falar sobre o assunto. Foi por isso, entre outros motivos, que decidi me mudar, para ficar em paz, ouvir os pássaros, os grilos, o vento, a chuva, contemplar as montanhas. E, por que não, os urubus.

Depois de jantar e de ter bebido três taças de vinho, me sentei na varanda para contemplar o céu estrelado. Adormeci na cadeira de balanço, creio que por uns quinze minutos. Sonhei que estava na casa em que morava em meus tempos de menino. No sonho, me vi com minha família numa espécie de jogo macabro. Meu pai, minha mãe, minha irmã e eu tínhamos que combater um inimigo que só conseguíamos ouvir e sentir a sua presença, mas não o víamos. Uma criatura que pelo som lento e grave de sua voz nos causava terror e nos deixava num estado de medo e insegurança. No jogo, era preciso que revelássemos, uns aos outros, verdades pessoais até então guardadas em segredo. Toda vez que um de nós contasse um desses segredos, ganhava, imediatamente, um corte no pulso feito pela criatura. Tínhamos que estancar o sangue para salvar nossa vida. Para isso, usávamos gelo, muito gelo, cubos e cubos de gelo. Tínhamos que ficar sempre próximos, só assim era possível nos manter vivos. Sentíamos que não havia saída e que as verdades reveladas faziam com que mais sangue jorrasse.

Acordei sobressaltado, olhei para os meus pulsos, intactos, sem cortes. As estrelas já não estavam mais visíveis no céu. Tinham sido encobertas por nuvens escuras. Sentia-me desorientado e com muito frio. Um morcego voou rente ao meu rosto. As luzes da casa ainda estavam apagadas. Aquela escuridão silenciosa me fez lembrar das primeiras vezes em que estive no sítio com minha mãe.

16.
Elias vai até o centro do palco. Pede uma cadeira e um pouco de água. Luzes se acendem na plateia

VOCÊS AINDA ESTÃO comigo? Agradeço por compreenderem essas breves interrupções. É que, na minha idade, é preciso tomar fôlego. Pronto. Vamos voltar.

Eu tinha 10 anos de idade e íamos, apenas eu e minha mãe, passar uns dias para descansar e recarregar as energias, ela dizia. Meu pai havia recebido o sítio como pagamento pela dívida de um cliente. Fátima, minha irmã mais velha, ficava em São Paulo com papai. Eu gostava de acordar na madrugada e me deitar na grama. Ficava olhando o céu, contemplava as estrelas, a Lua e a vastidão do universo. Desejava, ansioso, ver uma estrela-cadente. E quase sempre conseguia vê-las.

Foi numa dessas noites de contemplação do céu que mamãe apareceu vagando nua ao redor da casa.

Caminhava, a princípio, em círculos, depois em linhas diagonais. Seu corpo trêmulo parecia estar sendo guiado por mãos invisíveis. Ela andava sem tropeçar ou esbarrar em nada, como se estivesse enxergando, mas os seus olhos estavam fechados. Os cabelos longos, pretos e cacheados cobriam as costas. Seu corpo nu iluminado pela Lua parecia pertencer à terra, mais um elemento da natureza a compor a paisagem da noite. Eu me levantava e a seguia. Depois de um tempo, ela abria os olhos, mas ainda não estava acordada. Seus olhos rolavam, e ela dançava como uma bacante, o que na época, é claro, eu não sabia o que era. Mamãe me despia, me pegava pelas mãos, e íamos até a piscina. Dentro da água, ela me juntava ao seu corpo. Eu sentia o volume dos seus seios em meu peito magro de menino. Ela me fazia boiar e me acariciava. Tudo isso acontecia com mamãe de olhos abertos, numa espécie de transe. Era bom ser tocado por suas mãos. Sentia-me amado e protegido. Meu corpo todo relaxava e eu sentia arrepios dos pés à cabeça. Sempre que íamos apenas nós dois ao sítio, isso acontecia. Eu saía para contemplar o céu com estrelas e ansiava pela vinda de minha mãe. Acordada, mamãe não me fazia carinho. A piscina passou a ser o lugar onde eu recebia o seu amor.

 Saíamos da água e ela voltava a dançar com gestos lentos e leves, depois, com as mãos e os joelhos apoiados na terra, seu corpo todo vibrava e suava, até cair desmaiada aos pés do ipê.

Na primeira vez que isso aconteceu, tentei acordá-la. Chacoalhei os seus ombros. Mamãe dormia profundamente. Entrei na casa, fui buscar um cobertor. Antes de cobri-la, fiquei admirando o seu corpo. Ela dormia de lado, eu acompanhava com os dedos, sem tocá-la, a beleza de sua pele morena, o desenho dos seios, das costas, das nádegas, da vagina, das pernas e dos pés. Mamãe foi a primeira mulher que eu vi nua. A segunda foi Fátima, minha irmã. As duas eram muito bonitas. Hoje eu sei que invejava a beleza dos seus corpos.

Acomodei o cobertor sobre sua pele e deixei que ela dormisse ali. Peguei outro cobertor e um travesseiro e me deitei ao seu lado.

Na manhã seguinte, ela veio me acordar. Tinha preparado meu café da manhã preferido. Pão com ovos mexidos e leite.

Algumas vezes, fomos visitados por um bode que dançava com ela. Como eu era apenas uma criança, acreditava naquilo como uma brincadeira que mamãe inventava para me divertir. Eu perguntava depois para ela de quem era aquele bode, ela respondia que não havia nenhum animal, que tudo era da minha imaginação.

Eu não fazia ideia do que acontecia com ela naquelas noites. Depois de sua morte, encontrei um caderno com suas anotações e descobri que mamãe era praticante de alguma espécie de feitiçaria. Havia registros de preparados e poções, rezas, encantamentos e nomes de pessoas que eu desconhecia, símbolos e imagens que ela desenhava no caderno e que não me diziam nada. Também nunca fiz questão de investigar.

Reconheci apenas, entre as figuras, a imagem de um homem nu e musculoso que aparecia algumas vezes nessas noites, sempre quando eu já estava tão sonolento que não conseguia enxergá-lo direito. Quando as noites no sítio se parecem com aquelas noites, eu tenho a impressão de vê-lo aos pés do ipê, assim como inúmeras vezes pensei ter visto o bode dançando em frente à casa. Havia, ainda, uma terceira presença, uma voz que me dizia o que fazer, me guiava, e que se referia a mim como *irmão*.

Não tenho certeza se tudo isso não é uma memória que inventei de quando eu era um menino ou se é apenas um delírio senil. Quando vendi a casa em que morávamos em São Paulo, o caderno de anotações de minha mãe se perdeu com a mudança.

17.

ACENDAM AS LUZES, por favor! Eu ouvi alguém comendo pipoca. Tem alguém na plateia comendo pipoca? Por favor, aqui é um teatro, não é uma sala de cinema. Mas se ainda tiver pipoca, eu estou precisando um pouco de sal, minha pressão caiu. Agradeço se puder me trazer um pouco.

Elias come um pouco de pipoca. Toma água. As luzes se apagam e ele se dirige à cadeira de balanço que está no centro do palco. Fecha os olhos e respira fundo.

Enquanto eu me lembrava daqueles dias, sentado em minha cadeira de balanço, ainda com as luzes da casa apagadas, percebi que algo se movimentava debaixo do ipê. Garoava. No escuro, não dava para definir o que era. Podia ser um cachorro-do-mato, às vezes eles vinham para procurar comida. A garoa carregada pelo vento molhava o meu rosto. Eu não me incomodava. Percebi mais uma vez o vulto se movimentando. Relâmpagos e trovões foram seguidos por uma pancada de chuva. Um raio atingiu o ipê. Logo em seguida, veio o estrondo. Dessa vez eu estava presente e vi quando o galho despencou. Esperei a chuva passar.

Acendi as luzes da varanda, peguei uma lanterna e fui até a árvore. Só encontrei galhos no chão, nenhum urubu em agonia, dessa vez, nenhum animal por perto. A casca grossa do ipê estava infestada por formigas em suas fissuras. Isso nunca havia acontecido antes. Não que eu me lembrasse. Pude sentir um calor em minhas costas. Ouvi uma voz. Eu me lembrava dela. A mesma voz de quando eu era menino. "Meu irmão." Então me virei. Minhas pernas fraquejarem, senti um tremor em todo o corpo. Nauseado, quase vomitei. Fiquei com um gosto amargo na boca.

Mas não havia nada. Nenhum cachorro-do-mato, nenhum vulto. Estendi os braços e apoiei a mão esquerda no tronco do ipê, vomitei um líquido amarelo aos pés da árvore. Minha mão foi atacada por formigas e ganhei algumas picadas dolorosas que depois incharam, nos dedos e nas costas da mão. Chacoalhei o braço, esfreguei a mão na grama e me livrei das formigas. Um desalento profundo se instalou dentro de mim.

Lembrava-me de ter ficado soturno dessa maneira quando minha irmã morreu.

Fátima sofreu um AVC e entrou em coma. Uma semana depois de ter dado entrada no hospital, às três horas da manhã de um sábado, ela morreu. Eu estava lá e, antes de receber a notícia de sua morte, ouvi aquela voz: "Meu irmão."

Eu me lembro de ter saído correndo do hospital, que ficava próximo a nossa casa, com algum dinheiro no bolso, entrar num mercadinho e comprar uma garrafa de conhaque. Eu disse ao dono do mercadinho que era para o Jamil Ghandour. O homem conhecia o meu pai e consentiu em me vender a bebida. Também contei que a minha irmã nunca mais iria tocar violoncelo. Ele entendeu e fez menção de me dar um abraço, mas eu me despedi rápido e o agradeci.

Até aquele dia, eu tinha bebido apenas um copo de cerveja e achado o gosto muito ruim. Fui para a pracinha perto de casa e dei o primeiro gole. Cuspi. Andei em círculos tossindo e chorando. O segundo gole desceu. O terceiro foi melhor. Comecei a cantar ao mesmo tempo em que chorava. Até aí eu me lembro, a calma que o conhaque me trouxe, o desequilíbrio e a coragem. Depois acordei em casa com sangue saindo da minha testa e o dedo em riste da minha mãe na minha cara, seus olhos vermelhos e sua voz rouca gritando comigo. O mundo girava enquanto Mara gritava. Não sei como cheguei a minha casa e nem o que aconteceu entre o começo do porre e o chão do banheiro. Não me lembrava de nada além disso.

No caixão, Fátima estava bonita. Foi a primeira coisa que eu pensei. Parecia estar apenas dormindo ali. Eu fiquei ao seu lado deixando que ela continuasse com aquela brincadeira estúpida. "Acorde, Fátima, acorde!", eu sussurrava, me aproximando dos seus ouvidos. Meu hálito de conhaque, um mal-estar e o curativo na testa me tiravam dali para ir ao banheiro vomitar e escovar os dentes (por ordem de mamãe) de meia em meia hora. Eu tinha 12 anos, e Fátima ia fazer 18. Ela queria cursar faculdade de música. Estudava violoncelo desde os seus 8 anos. Minha mãe achava que ela deveria seguir carreira como modelo. Fátima era de fato muito bonita. Três rapazes no velório não paravam de chorar. Ela não queria ser modelo. A música sempre foi a sua maior paixão. Dizia que só se sentia em paz quando tocava o violoncelo. Longe dele, era atormentada por vozes de pessoas mortas, era o que ela dizia. Eu nunca acreditei naquilo, mesmo que eu também ouvisse uma voz. Mas nunca atribuí a voz a um espírito.

Lembro-me de uma vez que ela precisou ser levada ao hospital com as mãos amarradas. Fátima gritava e arranhava o próprio rosto dizendo que precisava se livrar da criatura que havia se grudado sobre os seus olhos. Minha mãe a acompanhou na ambulância. Quando chegaram ao hospital, Fátima já estava bem.

Presenciei outros episódios estranhos com minha irmã. Certa vez, vi pela fresta da porta aberta do banheiro mamãe esfregando o corpo nu de Fátima com carne crua. Fátima berrava e sangrava entre as pernas. "Eu não quero saber quem você é, vai embora! Me deixe em paz!"

Quando as coisas se acalmavam, Fátima ficava bem por algumas semanas. Eu não sabia o que pensar sobre aquilo, nem me esforçava para entender mais do que os meus olhos viam. Meu pai fingia que nada estava acontecendo.

Lembro-me de ter ficado apavorado vendo todo aquele sangue. Só fiquei sossegado quando mamãe disse que Fátima tinha ficado moça e que aquele sangue era menstruação.

Sempre soube pouco sobre minha irmã. Herdei os seus discos e o gosto pela música erudita. Bach e Vivaldi eram seus favoritos. Também nunca soube muito sobre meu pai e minha mãe. E mesmo hoje minhas memórias são apenas retalhos remendados, lembranças distantes. E tenho que admitir que não sinto saudades. Essas memórias não são felizes, chego a sentir náusea e azia.

A única grande saudade que sinto é de Hassan, apenas Hassan me deixou lembranças felizes. O pouco que vivi ao lado dele expandiu-se de tal maneira dentro de mim que posso dizer que foi toda uma vida.

Mas vamos voltar ao sítio. Não sei se vocês se lembram do jovem que apareceu na estrada em frente ao sítio e ficou a me observar. Eu já falei sobre ele? Ou ainda não? Enfim, vamos seguir.

18.

Som de andorinhas

AQUELE MESMO jovem estranho que tinha ficado parado me observando da estrada voltou. Veio no mesmo horário, ao final da tarde, se encostou num pequeno barranco à beira da estrada em frente ao sítio e, enquanto comia uma maçã, mantinha o rosto voltado em minha direção. Pela distância, não dava para definir suas feições, como num retrato um pouco fora de foco. Tinha os cabelos pretos, a pele morena, a barba por fazer. E mordia a maçã como se nada importasse a ele, estava ali apenas para comê-la e depois seguir caminhando. Eu estava sentado na cadeira de balanço, mas dessa vez, preferi ficar ali.

    O modo como o jovem se apoiava no barranco tinha algo solene, os cotovelos fincados na terra e a perna direita dobrada, com os pés apoiados nas fissuras do pequeno morro feitas pela água da chuva. Ele se comportava como se fosse o dono daquele lugar, como se pudesse fazer tudo o que quisesse. Não posso mentir que invejei o modo feroz como ele mordia a maçã. Era grosseiro, deixava escapar perdigotos e limpava a boca úmida com as costas das mãos. Era uma tarde quente, e o jovem suava, dava para enxergar, mesmo de longe, a mancha úmida na camiseta branca, na altura do abdômen e das axilas, a calça jeans grudada ao seu corpo estava suja de terra. Parecia ser ele, desde sempre, um ser desabitado de formalidades e preconceitos, apenas um ser existindo, sedento, livre, imenso, uma miragem sob um sol devastador. Mas também rústico, bestial, sedutor e belo.

Ele acabou de comer a maçã, deixando apenas o osso da fruta, e lançou o que restou dela para longe, no meio do mato. Olhou ainda mais uma vez em direção ao sítio, espreguiçou-se. Eu me levantei e entrei na casa. Da fresta da janela, eu o espiava. Sem a minha presença na varanda, ele demonstrava mais interesse. Aproximou-se da cerca, enfiou a mão dentro da calça e ajeitou o saco, num gesto primal, deselegante, mas nele aquele gesto parecia natural, estava no lugar certo, como se tivesse o direito de fazê-lo, como se não o fizesse algo ficaria faltando. Era quase bonito, vulgar e sensual ao mesmo tempo. Olhou para os lados, abriu o zíper da calça, pôs o pau para fora e mijou na cerca de arame farpado. Mesmo depois de despejar todo o líquido, ele ainda manteve o pau para fora da calça e o segurava como se soubesse que eu o espionava. Como se soubesse que depois eu iria olhar para o meu pau ressecado, miúdo e murcho e ficaria com pena de mim mesmo. A minha vingança era pensar que um dia ele ficaria velho como eu.

Todos os seus gestos eram brutos, nem por isso eram feios. Talvez a brutalidade seja bela porque não deixa dúvidas sobre a força da natureza. O sujeito sabia o quanto era humilhante para um velho como eu que ele exibisse o seu corpo ainda jovem, que me afrontasse com sua beleza rústica, com seu vigor. *Eu também tive um corpo como aquele*, eu pensava.

O meu interesse pelo sujeito fez com que o esperasse todos os dias. E durante sete dias, ele sempre vinha me fazer a visita às quatro horas da tarde. Comportava-se como se estivesse atuando. Suas performances nunca eram as mesmas, nem monótonas. Quase que ele não se repetia, fosse no modo de caminhar, de sentar, encostar-se no barranco, pegar uma fruta ou um lanche para comer. *Se fosse possível*, eu pensava, *trocaria de lugar com ele*. Ter aquele corpo ainda em plena forma, nem que fosse apenas por um dia. Era óbvio que aquele jogo não era inocente, e apesar de ter me deixado levar por seu poder de sedução e pela curiosidade do que viria nos dias seguintes, eu também sabia que era necessária toda a cautela. De fato, eu não sabia nada sobre ele.

No dia em que Edgar, o jardineiro, veio trabalhar, eu estava ansioso para saber se ele o conhecia. Mas o sujeito não apareceu, e a minha descrição do rapaz não batia com nenhum morador da região que Edgar conhecesse.

O jovem não fazia nada que efetivamente me afrontasse. Eu não poderia pedir a ele que saísse da frente da minha propriedade. Não fazia sentido. Durante esses dias, passei a ter sentimentos dúbios em relação a ele. E me equilibrava entre temor e desejo. Raiva e admiração. Mas não queria que ele percebesse o quanto eu estava exposto às suas ações.

Se eu não quisesse parecer um velho óbvio aos seus olhos, era necessário que eu mudasse toda a minha rotina. Os meus hábitos e gestos eram todos previsíveis. Era certo que àquela altura o meu observador já sabia muito sobre mim, assim como eu também sabia sobre ele. Mas não nos conhecíamos, não sabíamos o nome um do outro, nem o que exatamente fazíamos de nossas vidas. E era esse mistério que me fascinava. Eu podia observá-lo, vê-lo de longe, imaginar, supor, sonhar, mas não tinha acesso aos seus pensamentos e à verdade. E essa constatação fez com que eu mudasse os meus gestos básicos, passei a abrir as portas e as torneiras com a mão esquerda, o garfo foi para a esquerda, e a faca, para a direita. Outra atitude que tomei, e só agora vejo que não tinha nenhuma lógica, foi arrastar a cama para debaixo da janela, e, por se tratar de uma cama de casal, passei a dormir no lado oposto ao que dormia antes. Burlava a minha rotina. Almoçava e jantava em horários diferentes, não colocava o relógio para despertar sempre às seis da manhã, como de costume. Compreendi que, além de todas essas estratégias para não parecer tão previsível, outra solução foi usar a mesma técnica que o jovem usava comigo. Se ele aparecesse, eu não iria agir como se fosse natural ele estar ali. Deixaria claro que eu também o vigiava.

Durante sete dias sentado em minha cadeira de balanço nos finais de tarde, vivi numa guerra fria e silenciosa, com trocas de gestos, olhares que não sabíamos o que representavam, pois não tínhamos nenhuma certeza das nossas expressões faciais. Eu continuava a ser visitado por urubus, eles planavam no céu e davam mergulhos em direção ao solo. Pousados em cima da cerca, agitavam as asas e produziam um ruído terrível, como a voz de um demônio sendo executado. Não sei como seria, mas imagino.

E quando eu já estava me acostumando com as tardes na companhia do meu observador, ele parou de vir. Ficou quatro tardes sem aparecer. Eu me sentava na cadeira de balanço às três horas da tarde e o esperava como um cão abandonado espera por alguém que lhe dê atenção e carinho. Cheguei a caminhar, no terceiro dia, pela estrada de terra a fim de encontrá-lo e, quem sabe, ter uma conversa com ele. Acabar com aquele jogo. Saber quem ele era afinal.

Depois de ter caminhado por quase duas horas à procura do meu observador, o firmamento se configurou com nuvens arredondadas cor de chumbo e o Sol se pôs atrás das montanhas, e as árvores, balançando com a força do vento, espalhavam folhas e galhos pelo caminho. Vencido pelo cansaço, decidi voltar para o sítio. Que tolice a minha. Mais do que uma tolice, era uma insanidade um velho de 80 anos sair à procura de um jovem que nem ao menos podia dizer que fosse um conhecido. Ao estabelecer a infame relação da minha busca pelo sujeito desconhecido com a possibilidade do meu desaparecimento, a cada dia mais próximo e rumo ao desconhecido, comecei a rir como havia tempos não ria. O som da minha risada foi levado pelo vento e assustou um grupo de andorinhas no alto de um pinheiro. Anoiteceu. O temporal prometido por aquelas nuvens na estrada não veio. Apenas chuviscou.

Eu preciso dizer a vocês que naqueles dias eu não tinha certeza de que o haloperidol estava funcionando bem. Mas o tomava duas vezes ao dia. Confesso que me esquecia de tomar e me confundia nos horários. Eu estava deitado na cama e, mesmo de olhos fechados, embalado pela chuva fina que caía desde a meia-noite, eu não conseguia encontrar o sono. O relógio em cima do pequeno móvel ao lado da cama marcava três e quinze da manhã.

A partir de agora, preciso que vocês, meus amados espectadores, estejam comigo, não para me socorrer, não há como me salvar. Apenas para que eu não passe por tudo isso sozinho novamente.

Ouvi a voz: "Meu irmão." Tentei espantá-la com as mãos como se faz quando um pernilongo vem zumbir nos ouvidos. Em seguida, ouvi o som de garrafas caindo vindo de fora da casa. Eu havia colocado três garrafas vazias de vinho ao lado do lixo orgânico na área de serviço. Era provável que algum gato, ao fuçar o lixo à procura de comida, tenha esbarrado nas garrafas e feito o estrago, ou talvez tenha sido a mão do vento. Não sei o motivo de ter ficado aflito naquela noite como fiquei.

Tentei me ajeitar na cama, mas não conseguia um acordo entre o lençol, o travesseiro, o colchão e o meu corpo. Cada um de nós pensava e queria coisas completamente distintas. Não houve acordo. Ainda deitado, com as luzes do quarto apagadas, meus olhos abertos naquela escuridão, eu me lembrei das muitas vezes em que, na minha infância, Fátima, minha irmã, vinha me socorrer em noites de tempestades, relâmpagos, raios e trovões. Eu tinha pesadelos e acordava chorando. Fátima entrava debaixo da coberta, encostava o seu corpo junto ao meu, me abraçava pelas costas e me acalmava correndo seus dedos pelas minhas costas até o topo da cabeça, bagunçava o meu cabelo e cantarolava baixinho em meu ouvido:

"*Dorme, meu anjinho, dorme, meu pequeno,*
  toda noite vira dia, ouve esse segredo.

Dorme, meu anjinho, dorme, meu pequeno,
toda noite vira dia, não tenha medo."

Eu me acalmava. Fátima cuidava de mim e me protegia. Não sei de onde ela conhecia aquela cantiga de ninar. Depois que ela morreu, nunca mais aqueles versos saíram da minha cabeça. Ainda hoje, quando algo me aflige no meio da noite, eu canto baixinho. Foi o que fiz naquela madrugada.

Minutos depois do som das garrafas caindo, ouvi o ranger da maçaneta da porta de entrada, agudo e metálico. Um pequeno tranco, e a porta se abriu. Apenas a minha respiração arfante quebrava o silêncio. Levei as mãos para tapar o nariz e a boca. Senti a mão esquerda tremendo. Imóvel em minha cama, com o suor nascente nas têmporas, eu declamava mentalmente: "*Dorme, meu anjinho, dorme, meu pequeno, não tenha medo...*" Uma luz de lanterna escapou pela fresta debaixo da porta e se apagou. Acendeu novamente. Dava para ver a sombra dos pés do invasor. A luz da lanterna se apagou.

Lá fora, o estampido, como o de um galho se partindo, foi seguido por um baque grave de algo maciço se estatelando no chão. Com passos leves, o invasor caminhou até a porta do fundo da casa. Pude ouvir o girar da chave. Ao sair, esbarrou numa garrafa, que, ao rolar sobre o piso de cimento queimado, produziu um som melancólico de fim de festa.

Minha mão esquerda tremia com mais intensidade. Naquele momento, acuado na cama, do mesmo modo como eu ficava quando criança nas noites de tempestade, tomei uma decisão imprudente, mas já não me importava. Eu estava com 80 anos de idade e se fosse para morrer, ao menos eu morreria com alguma dignidade. Aproveitei que o invasor saiu, levantei-me da cama, saí do quarto e fui com cuidado para a cozinha. Vi pela janela que ele investigava lá fora o que havia produzido o barulho. Fiquei entocado entre a pia e o balcão que eu usava para preparar os pratos antes de levá-los à mesa. Se ele voltasse, vindo do fundo, era certo que passaria pela cozinha, não havia outro caminho. Fiquei à espreita. Mas não tinha a mínima ideia do que fazer.

A chuva apertou e, com o som das águas escorrendo pelas canaletas e telhas, já não era mais possível ter a precisão de cada ruído, passo, movimento. Meus batimentos cardíacos pareciam anunciar que em breve eu teria um infarto, as mãos vertiam água, o pijama estava molhado na região das axilas.

Uma luz de lanterna vinda não sei de onde atingiu as minhas pupilas, cegando a minha visão. O invasor tinha dado meia-volta e entrado novamente pela porta da frente sem que eu percebesse a tempo. Eu me levantei. Logo depois, ele apontou a luz da lanterna para o chão e a apagou. O vulto dele se aproximava de modo lento, estudando os próprios passos. Minha visão ainda estava prejudicada pela luz da lanterna. Ele era uma sombra que eu enxergava com algum esforço. No entanto, mesmo com a vista ofuscada, eu achei que fosse ele. Apesar de só tê-lo visto de longe, na estrada em frente ao sítio, eu tive a certeza de que o invasor era o jovem que dias antes me observava. Só podia ser ele. Tudo começava a fazer sentido, estava ali a resposta do porquê de ele passar as tardes me vigiando.

19.

As luzes da plateia se acendem

PERCEBO QUE ALGUNS de vocês estão cansados, o que é normal. Mas não posso parar agora. Caso queiram cochilar, vou entender perfeitamente. Se alguém preferir, pode subir ao palco. Estou sozinho aqui mesmo, quem sabe isso possa animá-los de alguma maneira. Vamos em frente.

Naquele momento, me senti traído, enganado, usado. Eu acreditava, não sei por qual motivo, que existia cumplicidade entre nós. Mas não. Eu estava errado. Ele era um desgraçado, um maldito, arrogante e nefasto, e só. E o meu sangue circulava envenenado pelo ódio súbito que tomou conta de mim.

Já fazia dias que ele me vigiava e fazia sua performance irônica a me comprovar todas as vezes que eu não poderia mais ter um corpo como o dele, que eu não passava de um velho desmoronando, uma carcaça em decomposição que, talvez, só os urubus quisessem. Depois desapareceu, sumiu e pronto, como se não devesse nada a mim, nem um pedido de desculpas sequer. O que queria agora? O meu perdão? A minha misericórdia? Poderia ao menos ter batido à porta, em vez de invadir a casa. Seria mais decente. Aguardei em silêncio que ele pronunciasse alguma palavra, mas nada. Estava mudo. Uma sombra sem voz. Se não tinha invadido a casa para me assaltar, ferir ou qualquer outra coisa, não havia sentido em sua presença ali. Uma brincadeira sem graça e fora de hora. O que ele poderia querer, afinal? Todos esses dias observando a casa, vigiando os meus passos, para quê? Apoiei minha mão esquerda sobre o balcão para que a tremedeira se acalmasse. Às vezes funcionava manter a mão espalmada sobre uma superfície lisa. Mas em vez da fórmica do balcão, senti a madeira do cabo do martelo que eu tinha comprado havia poucos dias. Agarrei-o com força, usando a mão esquerda. No instante em que o segurei com os dedos abraçando o cabo, minha mão parou de tremer. Ouvi novamente a voz: "Meu irmão."

20.

Som de andorinhas, centenas de andorinhas. Milhares delas

NÃO SEI SE VOCÊS já ouviram andorinhas agitadas. Se ainda não ouviram, não queiram passar por essa experiência. Tudo aconteceu muito rápido. As andorinhas estavam tão barulhentas quanto metralhadoras num campo de guerra. Foi uma fúria líquida, bela, explícita como uma baba que escorre pelo canto da boca, desce pelo queixo e se aloja na fronha do travesseiro deixando uma marca úmida. Foi a fúria que me trouxe a vida de volta. Não foi o medo. Foi um desejo saciado por uma fúria plena. Eu não saberia dizer se a fúria sempre esteve comigo, o que eu sei é que eu sempre a amansava negando a sua existência, resistindo a sua ordem sedutora. Eu sempre a venci pela resignação. Agora eu não poderia mais negá-la. No entanto, era tarde para assumi-la como uma amiga íntima. O que um velho como eu poderia fazer com sua fúria? Decidi, com a mão esquerda empunhando o cabo do martelo, não resistir a ela. Entreguei-me, como há muito não me entregava a nada, nem a ninguém.

Num movimento veloz e brutal, eu o surpreendi com uma martelada na cabeça, com o mesmo martelo que durante a semana eu havia quebrado os cocos secos. O sujeito tombou. Um único golpe certeiro e fatal. Não poderia supor que seria fatal. Não tive a intenção. No piso escorria, espesso, o sangue que vertia de sua testa. O corpo ainda quente, sem a pulsação e de bruços, coberto de sangue. Desviei o olhar. Fora a lanterna, ele não trazia nada nos bolsos. Minha visão, mesmo depois das luzes acesas, ainda estava nublada, não sei se pela fúria ou se pelo foco de luz nas pupilas. Minha mão voltou a tremer e fiquei atordoado.

No exato momento em que minha mão elevava o martelo até uma determinada altura para que ele pudesse se somar à gravidade e descer com força para acertar o sujeito na testa, eu tive uma epifania. Pareceu a mim que aquele gesto era tão velho quanto eu, ou muito mais velho do que eu, e que estava sendo ensaiado havia anos. Mesmo que eu não tivesse a mínima ideia do seu resultado. Eu estava acostumado ao arco do movimento certeiro como um monge zen que, com um gesto único e preciso, pinta o Enso: o círculo zen da plenitude e iluminação.

O meu gesto tinha um motivo menos espiritual. Eu me sentia entregue, tomado por uma força maior do que eu, o martelo era apenas uma extensão do meu corpo, eu estava inteiro. Quando a cabeça do martelo acertou a fronte do crânio do sujeito, eu pude ouvir o estalar do osso frontal trincando dentro dele como um galho de árvore partindo ao meio. O sangue espesso cobria como uma máscara o seu rosto já inchado e fluía no piso branco, tingia a cozinha asséptica e lhe dava beleza, o corpo do sujeito dando os seus últimos espasmos no chão violava a fronteira entre a vida e a morte. Entre a ilusão e a realidade. Entre o palco e a vida. O cheiro que exalava dele, doce e amargo, era a vida escapando e se dissolvendo no ar.

Olhei para o martelo na minha mão esquerda e soube que eu não estava atuando naquela hora. Será que estou atuando agora? De onde veio tamanha força? Nem mesmo eu podia acreditar que tinha tirado a vida daquele homem. Não imaginava que se pudesse matar alguém com apenas uma martelada. Em qualquer livro de ficção, isso seria inverossímil. Um velho de 80 anos com força suficiente para numa única martelada acabar com a vida de alguém? A não ser que esse velho fosse um daqueles idosos saudáveis, atléticos, bebedores de suco verde e praticantes de atividades físicas. Não era o meu caso. Mas a vida real não é um livro de ficção, e eu consegui, com uma única martelada, matar aquele desconhecido. Quanto à minha afirmação anterior de que a vida real não é um livro de ficção, não é bem verdade.

21.
Ao som de "My Way", na voz da Nina Simone

PASSADA A EUFORIA, eu fiquei com sede, muita sede. A garganta estava seca. Abri a geladeira e, como a garrafa de água estava vazia, peguei o resto de vinho que havia sobrado do jantar, fui até a sala e me joguei na poltrona. Precisava pensar. Tentei controlar a mão esquerda, que tinha voltado a tremer.

O vinil da Nina Simone que eu tinha colocado para tocar durante o jantar ainda estava no aparelho. Coloquei para ouvir sua voz poderosa cantando "My way". Uma canção que sempre me deu vontade de sair correndo sem pensar em nada útil, deixar as pernas no comando. Por isso eu tinha escolhido ouvi-la naquele momento. Ouçam! Não é sublime? Por isso, a taça de vinho na minha mão direita e a voz da Nina Simone velando o intruso estirado no chão da cozinha. Mudo, surdo e cego. Sem a possibilidade de caminhar, agora ele não mais teria um caminho a seguir, o seu corpo jovem não poderia mais zombar do meu. Eu estava correndo num campo aberto, mesmo que estivesse ali sentado dentro da casa, eu tinha de fato ultrapassado o limite entre espectador e ator. Eu tinha dado a ele o fim do terceiro ato. Por isso, talvez ele esperasse por uma ação minha. Por isso se deixou abater, entregou-se ao personagem, se doou de corpo e alma e, assim como o Cristo, cumpriu o seu destino. Estava consumado! Chorei, não pela morte daquele desconhecido, mas pela força de vida que me invadia naquele instante. Como cúmplice do meu ato, eu tinha apenas o sítio. E agora tenho também vocês como cúmplices.

Luzes amarelas revelam, no canto esquerdo do palco, seis cabeças humanas feitas de barro queimado. Um martelo desce até a altura das mãos de Elias.

No chão, ao meu redor, estão seis cabeças humanas de barro queimado. Não estou inventando. Vocês também podem vê-las. Bem aqui. Um martelo desce dos céus. Eu o seguro com a mão esquerda e ataco as cabeças, uma a uma, até destroçá-las por completo. A cada martelada, sou tomado por uma raiva crescente e vigorosa. Um ódio, uma fúria. Ou seria desespero? Clarões, raios e trovões acompanham o meu grito de êxtase. Ofegante. A boca salivando. Os pulmões inflam e desinflam, inquietos. Ao final dessa ação, estou exausto, suado. Suplico a

Dioniso que venha me salvar. Os meus pulmões inflam e desinflam, inquietos.

Aplausos.

Ao fim da música da Nina Simone, tentei levantar o cadáver o enlaçando pelos ombros, mas não consegui. Todo ele coberto por sangue. Não olhei para o seu rosto. Puxei-o pelos pés e fui arrastando o corpo pela porta dos fundos da casa. Precisei de muitas pausas para respirar e recuperar um pouco de força, eu estava eufórico e ainda tentando assimilar o que tinha acontecido. Consegui levá-lo até o jardim. Chovia pouco. Peguei a pá, e a terra ainda fofa me ajudou a cavar com menos esforço. Não foi uma atividade fácil para um velho como eu, mas eu não tinha outra opção. Abri uma cova, enrolei o seu corpo no lençol branco que estava em minha cama e rolei o seu corpo morto para dentro do buraco, não tão fundo quanto eu gostaria que fosse. Cobri-o com terra. Eu não sabia se era o certo a se fazer, se eu deveria chamar a polícia e alegar legítima defesa, mas não tive certeza. O que eu não poderia era deixar o corpo a céu aberto. Enquanto eu limpava o sangue no chão da cozinha, lembrei-me de que às nove horas da manhã, Ana chegaria para fazer a faxina. A cada quinze dias, às quartas-feiras, Ana vinha para limpar a casa. O Sol nascia atrás das montanhas, e ouvi o galo cantar três vezes.

22.
Nenhum som

EU NÃO DORMI. Fiquei na varanda da casa olhando para o jardim, para a cova recém-cavada no lugar onde eu planejava plantar girassóis. Não poderia imaginar que o meu tão sonhado jardim serviria de túmulo um dia para alguém, além de mim.

Não foram os passos leves, nem a luz da lanterna em meus olhos. A visão ofuscada, o martelo à mão. O que fez com que eu golpeasse o invasor? Foi uma força que eu não sei dizer de onde exatamente tinha surgido, como se eu estivesse usando uma força extra, que não me pertencia. Uma força que eu só conheci na juventude. Um desejo carregado por tudo o que eu pensei em fazer e nunca fiz. Então, aconteceu, sem mistérios, de fato eu havia matado um homem. Um jovem. A fúria ainda ardia em meu corpo. Eu não podia negar que gostava daquela sensação. A euforia, o sangue, a terra, os dias em que ele me vigiava da estrada me deram um novo fôlego, um êxtase que ultrapassava o simples prazer. Eu não esperava, aos 80 anos de idade, ser capaz de sentir em meu corpo idoso o vigor da juventude. Vigor da juventude é um exagero. O que talvez, nesse caso, seja o certo a se dizer é que eu me senti com entusiasmo. Vibrante.

Talvez eu devesse buscar saber quem ele era. O que ele diria se eu não o tivesse surpreendido antes? Qual era o som da sua voz? Tinha um trabalho, sonhos, um amor? Mas não encontrei nada em seus bolsos, nenhum documento, celular, nada. E mesmo se eu encontrasse, ainda assim seria o documento de um morto. Será que eu deveria ter conversado com ele? Se ao menos eu tivesse perguntado o seu nome! Como se pode tirar a vida de alguém cujo nome lhe é desconhecido? Mas ele estava calado, na escuridão. Os soldados numa guerra matam desconhecidos.

Talvez seja melhor não saber, não nomear, não identificar naquele corpo morto, uma pessoa. Ele era apenas um sujeito. E ponto. De que adiantaria saber o nome de um morto?

23.

Ao fundo, João Gilberto canta "Estate"

ENTREI NA CASA e passei pela reprodução de *A Ilha dos Mortos*, do Böcklin. Parei em frente à imagem e a olhei como se fosse pela primeira vez. Contemplava aquela gravura que por tantos anos esteve ali e que nunca antes havia se mostrado para mim daquele jeito. Tão viva, tão real.

Nela, um barqueiro está levando uma alma para a Ilha dos Mortos. Vestida com um manto branco, a alma parece aguardar ansiosa para chegar lá. Uma ilha rochosa, enigmática, com alguns ciprestes ao centro, com uma espécie de bosque ao fundo. Eu sempre me perguntei: para onde exatamente o barqueiro levava as almas? Mamãe dizia que Caronte, o barqueiro dos infernos, conduzia as almas dos mortos pelos rios, não permitia aos vivos a entrada em seu barco. Exigia das almas uma ou duas moedas de pouco valor aos passageiros. Quem sabe aquele bosque ocultasse um portal para o mundo dos infernos ou mesmo para uma outra realidade. Mamãe me contava essas histórias que me davam medo.

Contemplando as águas tranquilas e profundas da pintura, fechei os olhos. Logo me vi sentado ao lado do barqueiro. À nossa frente, olhando para a ilha, aquele ser misterioso vestido de branco.

— Trouxe as moedas? — perguntou o barqueiro.

— Não. Eu estava em casa e... — disse-lhe, ainda tentando entender o que eu fazia ali.

— Sem moedas, nada feito.

— Bem, creio que eu já entreguei as moedas quando embarquei, caso contrário, o senhor não teria me deixado subir.

— Sim, faz sentido. Mas acontece que você subiu no barco só agora, vindo sei lá de onde. Acho melhor arranjar as moedas. Procure direito!

Enfiei as mãos nos bolsos da calça do pijama e entreguei as moedas ao barqueiro. Não me olhem assim. Alguém pode me emprestar algumas moedas? Eu também não faço a mínima ideia de como isso foi acontecer. E já que eu estava ali, aproveitei para fazer algumas perguntas ao barqueiro.

— O que tem na ilha?

— Mortos. Milhares de mortos.

— E os mortos vivem aí? Quer dizer, depois de entrarem na ilha tem algo mais, para além da morte? Uma outra vida?

— Algo além da morte? Outra vida? Mesmo sendo um homem velho, o senhor não sabe de muita coisa. O que existe para além da pintura? Essa é a pergunta que você deveria ter feito. Antes era a tela em branco, e veio o Sr. Böcklin e teve o trabalho de desenhar e pintar e criar essa ilha, esse barco, eu, o sujeito à nossa frente e essas águas. E você quer saber o que tem depois? Pergunta errada, meu senhor. O que existe é o que o senhor está vendo. E o que o senhor está vendo é o que é. Para além disso, existe o sonho e a imaginação. Todo resto é alucinação, bobagem, truque, especulação, entende?

— Entendo. Mas não estou falando da pintura. Estou falando da realidade! — disse-lhe.

— Ah, sei, já entendi. Então o senhor é desses que acredita nessa besteirada toda de realidade. Sei como é. Nesse caso, eu não tenho muito o que explicar, a não ser que, se o senhor ainda não sabe, a realidade é o sonho que Deus teve quando cochilou no sétimo dia. Você deve saber que no sétimo dia ele descansou, não sabe? Pois é, o Todo-Poderoso sonhou a realidade. Logo, ela só existe como sonho. Se for essa a realidade a que o senhor se refere, então podemos continuar a conversa. Caso contrário, pode voltar para o lado de lá da tela, para a sua encenação, e contente-se em ser apenas um observador.

Nesse momento, o casco do barco encostou-se a uma pedra. Tínhamos chegado à ilha. A figura enigmática desceu sem olhar para trás. Quando pôs os pés na ilha, desapareceu.

— E o senhor? Fica na ilha ou volta? — Ouvi a sua voz.

— O que tem na ilha?

— Já disse. Mortos, milhares de mortos! Mas para além disso, só quem fica é que sabe. O senhor vai ficar ou não? Não posso ficar muito tempo aqui parado!

Pensei em Hassan. Era o meu único motivo para ficar na ilha.

— AINDA NÃO! — falei. — Vou voltar!

24.
Som de maritacas

ABRI OS OLHOS. Estava de volta ao sítio.

Ao nascer do sol, o bando de maritacas discutia em cima do telhado. A vida lá fora parecia não se importar com o que acontecia dentro de mim. Tudo estava em seu lugar, como sempre esteve. O Sol, as nuvens, as plantas, as andorinhas, as formigas, enfim. Todos continuavam a viver suas vidas sem se importarem comigo.

Fui ao jardim para me certificar de que o cadáver estava bem enterrado. Pensei que ainda poderia plantar os girassóis ali. Voltei para a cadeira de balanço. Ana estava abrindo o portão. Olhei para o relógio. Nove horas. Ela trazia uma sacola nas mãos e sorria.

— Trouxe para o senhor umas bananas lá do meu quintal. Tava até perdendo. O senhor gosta de banana, não gosta?

— Gosto muito. Ainda devo ter algumas na fruteira, mas as minhas vieram do supermercado, não do seu quintal. Vou aceitar o presente. — Eu ainda estava sob efeito daquela experiência. Não sei como dizer de outro modo. Eu me sentia vítima das circunstâncias. Uma cobaia do destino. Minhas unhas estavam sujas de terra, minha mão esquerda, com um leve tremor, e me dei conta de que ainda estava usando o pijama. Minha sorte foi que as manchas de sangue se misturaram à terra úmida do jardim. Eu mesmo me assustava com minha atitude. Conversava com Ana como se nada tivesse acontecido. O fato é que eu realmente estava me sentindo bem.

— O senhor estava trabalhando no jardim logo cedo, seu Elias? Quero chegar na idade do senhor com essa força toda.

Em minha mente, eu repassava a cena do golpe com o martelo e revia cada canto da cozinha, para saber se eu não havia deixado escapar algum rastro de sangue pelo caminho. Caso eu não tivesse limpado tudo, logo Ana descobriria, e só o que me restava era inventar uma história qualquer. Ela entrou para trabalhar. Pedi que deixasse para limpar o meu quarto no final do dia. Eu precisava tentar dormir um pouco.

25.

DORMI ATÉ QUASE o meio-dia. Levantei e por alguns segundos não me lembrei do que havia acontecido durante a madrugada. Na verdade, me pareceu que eu havia sonhado tudo aquilo. Um pouco ainda tomado pelo sono e com muita vontade de urinar, fui ao banheiro. Olhei-me no espelho e vi, nos meus olhos, os olhos de minha mãe.

Lavei o rosto e esfreguei uma bucha nas mãos e nos dedos a fim de retirar a terra que ainda estava incrustada debaixo das unhas. Lembrei-me de que eu não tinha tomado banho. Tirei o pijama imundo e me dei conta de que, provavelmente, eu havia sujado toda a cama. Joguei-o no chão do banheiro. Talvez eu devesse dar um fim a ele, queimá-lo. Eu precisava de um banho frio para despertar.

Dentro do box, mudei o ritmo da minha respiração. Entrei na ducha de água fria. Assim que a água tocou a minha pele, me veio à memória o vestiário da escola em que eu estudava quando tinha 10 anos. "O banho frio", disse o professor, "estimula a circulação sanguínea e os músculos relaxam". Todos os meninos estão nus, eu também estou, há uma sequência de dez chuveiros, e estamos em fila à espera da vez. Os que chegam primeiro tomam banho, enquanto os outros aguardam. Eu aguardo. Não tenho pressa. Ali, em pé, diante dos outros meninos, fico comparando as diferenças dos nossos corpos. Os músculos firmes nas coxas e na batata das pernas de alguns, a flacidez de outros, as diferenças entre nossos pênis. Uns mais para a esquerda, outros para a direita, uns menores outros maiores, alguns já com pelos crescendo ao redor. Um dos garotos me puxa pelos braços e os outros garotos vêm para cima de mim e me colocam debaixo da água fria. Eu tento escapar, mas eles me seguram. E ficam à minha volta uivando, latindo, grasnando e comemorando a vitória, parece que o nosso time ganhou algum jogo na aula de educação física, futebol de salão talvez, não me lembro. Devo ter sido o herói da partida, pelo modo como os garotos me espremem num abraço coletivo. Eu sinto os seus corpos nus e molhados em contato com o meu. A água fria ainda caindo sobre mim, os azulejos sujos do banheiro. Foi a primeira vez que fiquei excitado. Eu me lembro. Corri para pegar a toalha e me cobrir.

Talvez eu ainda estivesse dormindo e sonhando. Fechei a torneira do chuveiro. Escovei os dentes e passei desodorante debaixo dos braços. Estava com muita fome. Fui até o quarto, vesti uma roupa limpa, tirei o lençol da cama. Estava imundo, com sangue e lama, e o levei até a área de serviço. A torneira do tanque estava aberta, o balde de água, transbordando. Fechei a torneira.

— Ana! A água está transbordando aqui no tanque! — gritei.

Eu estava louco por um café preto e uma omelete. Eu tinha essa vontade geralmente quando acordava de ressaca, mas não era o caso. Tinha bebido meia garrafa de vinho na noite anterior, o que não justificava a minha fome. Fui até a cozinha e abri a geladeira para me certificar de que ainda restavam alguns ovos. Apenas três, mas eram o suficiente. Então me virei para o balcão e me deparei com o martelo manchado de sangue. Não era possível que eu tivesse cometido aquele erro. Mas o martelo, sujo com sangue, estava ali. O fogão limpo, a louça lavada. Apenas o martelo com sangue em cima do balcão. O piso reluzia, o cheiro de produto de limpeza perfumava a casa. Era óbvio o que tinha acontecido.

Vocês também já perceberam tudo. Mesmo assim, me sinto na obrigação de, como um Dupin, Holmes ou Poirot, detalhar de maneira didática como foi que minha mente se organizou naquele momento.

Foi assim:

Ana, ao se deparar com o martelo, ficou apavorada e tratou logo de ir embora. Não demoraria muito e a polícia chegaria. Ao mesmo tempo, eu pensava, *um martelo sujo com um líquido vermelho não dizia nada*. Mas eu não poderia dizer a mesma coisa da parede à frente do balcão com sangue respingado, nem do rastro de sangue próximo à porta dos fundos. Eu não poderia deixar as coisas assim, deveria ir atrás da Ana e explicar o que tinha acontecido, ela entenderia. Peguei a chave do carro. Eu precisava encontrá-la. Subi na picape e dei a partida. Olhei para o jardim. Ao lado da cova, que durante a madrugada eu havia cavado e na qual enterrara o sujeito, havia um buraco cavado. Desliguei o motor, desci da caminhonete e me aproximei com receio.

26.

DENTRO DO BURACO, com os olhos abertos, a testa ensanguentada e as mãos retorcidas, estava Ana.

Minha reação foi pragmática. Nada sentimental. Ana estava morta e ponto. Mas não era para ela estar ali. Olhei para todos os lados à procura de alguém. E só vi a estrada de terra, árvores e montanhas. Nenhum suspeito. O que me afligia era saber se eu deveria enterrar o seu corpo naquela cova ou levá-lo para outro lugar, como eu havia feito com o urubu. Até pensei na possibilidade de chamar a polícia, o que logo descartei, por motivos óbvios. Fiquei tentando encontrar uma solução. Entrei na casa, peguei o celular. Talvez eu precisasse pedir ajuda. Vi uma mensagem de Samir dizendo que estava vindo para o sítio. Quem havia feito aquilo com Ana? Eu a conhecia havia apenas um ano. O que, afinal, estava acontecendo? Aquele maldito que invadiu a casa na madrugada não estava sozinho. Era isso. Tinha sido um recado para mim. Uma vingança. Sem dúvida. O que ele iria fazer a seguir? Minha mente elucubrou mil coisas nada agradáveis. Um grupo de urubus planava em círculos no céu nebuloso. Por que o desgraçado não meteu o martelo na minha cabeça? Por que tinha feito aquilo com Ana? Amaldiçoei os urubus. Eram eles que traziam a maldição para o sítio. Gritei para os céus, desejei a morte daquelas aves agourentas. Mas logo percebi o quanto eu estava sendo um idiota. Os pobres urubus nada tinham a ver com o meu infortúnio. Talvez fosse eu a desgraçar a vida deles.

Minha mão esquerda tremia. Tentei me acalmar. Voltei para a cozinha, peguei a caixa de remédios e tomei haloperidol. Sentei-me na cadeira de balanço para recobrar o fôlego e tentar encontrar uma solução.

Nem cinco minutos depois, o assassino de Ana, só poderia ser ele, se posicionou em frente ao portão de entrada do sítio. E ficou a me encarar. Não consegui entender de onde ele tinha vindo. Mas eu tinha certeza de que era ele a me provocar. Quem mais ficaria daquele modo ameaçador olhando para mim? Assim que percebeu que eu o tinha visto, se voltou para a estrada, como quem não quer nada, e seguiu caminhando. Fui atrás dele. Eu o chamava, gritava, mas ele fingia não me ouvir.

Com meus passos lentos, não seria possível alcançá-lo. Eu apenas queria que ele parasse e falasse comigo ou que me matasse. O ar me faltava. Mesmo assim, eu caminhava obstinado o mais rápido que podia. Era uma corrida que eu tinha iniciado sabendo da derrota. Ele estava cada vez mais longe. Até que o perdi numa curva.

Coloquei as mãos nos bolsos da calça e senti a chave do carro. Por qual motivo não subi na picape e fui atrás do sujeito? Que estupidez. Definitivamente, eu começava a achar que talvez fosse melhor me mudar para uma casa de repouso. Eu precisava reconhecer o meu fim. Não tinha me dado conta de que tinha andado tanto. Aquelas montanhas, a estrada, aquele caminho, não eram estranhos para mim. No entanto, eu me sentia perdido.

Ouvi o latido de um cão. O que significava que havia alguma casa por perto. Quase todos na região têm pelo menos um cachorro em casa. Usam os pobres cães como alarme. Eu era uma exceção. Sempre preferi os gatos, mas naquele momento eu não tinha nenhum animal de estimação para me fazer companhia. O cão latiu novamente. Eu o vi distante na estrada. Disparou em minha direção, latindo. Quando chegou perto, começou a me cheirar. Latiu ainda algumas vezes, depois abaixou a cabeça, abanou o rabo e ficou me cercando, dando pulinhos até que eu lhe desse carinho. Seus pelos eram encaracolados, dourados com manchas pretas. Era um cãozinho novo, brincalhão. Esperei que aparecesse alguém que fosse responsável por ele, mas ninguém apareceu. A partir daquele momento, o cachorro não se desgrudou mais de mim. Tinha no rosto a expressão triste dos cães que são abandonados. Confesso que me afeiçoei instantaneamente a ele, como se já o conhecesse. Um órfão, pensei. E assim eu lhe dei um nome. Órfão, é isso, vou te chamar de Órfão. O cão latiu, pulou em minhas pernas e começou a me lamber, entendi que ele tinha gostado do nome.

Estávamos num ponto da estrada, entre muitas montanhas. Árvores enormes se apresentavam como porta de entrada para uma mata densa. Ouvimos um movimento vindo do bosque. Órfão começou a latir, rosnou e correu para dentro da mata. Num impulso inconsequente, fui atrás dele.

Caminhei, ele correu, entre as árvores e raízes, desviando de galhos e teias de aranha. Órfão ia à frente investigando tudo, cheirando a trilha. O som de queda d'água nos deu uma direção. Avistamos ainda de dentro da mata uma cachoeira com três quedas e um grande poço. Por sorte ainda estávamos na mata quando o volume de água da cachoeira aumentou e fomos surpreendidos por uma tromba d'água, que passou carregando troncos de árvores com força e velocidade.

Do outro lado, na mata, um garoto nos observava. Segurava um carrinho de brinquedo nas mãos. Ele gritava, mas com o barulho das águas não era possível entender o que ele dizia. O Órfão latia para ele. "Vamos dar a volta", gritei. Mas o garoto também não conseguia me ouvir. Fiz um gesto com as mãos sinalizando que iríamos até ele. O garoto começou a pular como um menino mimado, balançando a mão de um lado para o outro num aceno negativo. Órfão parecia procurar por um lugar onde fosse possível atravessar o rio e ir para o outro lado se encontrar com ele. Imaginei que o cão fosse do menino. O volume de água só aumentava. Fazia tempo que eu não via uma criança tão teimosa quanto aquele garoto. De alguma maneira, ele me lembrava o Samir.

Alguém deve ter chamado o garoto, pois ele se virou para trás e, de repente, perdeu o interesse em nós, quer dizer, no cachorro. A agitação do Órfão também se acalmou. O menino foi embora. As águas se acalmaram.

27.

UM MINUTO, por favor, preciso recuperar o fôlego.

Elias bebe um copo de água.

O Sol começava a se pôr, e voltamos para a estrada. Tive a impressão de termos saído em outro lugar, não por onde entramos. Ali eu reconhecia a paisagem. Estávamos, mais ou menos, a dois quilômetros do sítio. Na estrada em direção à cidade. Uma chuva fina com vento nos acompanhou durante todo o trajeto. Órfão caminhava ao meu lado como um pequeno guardião. Já próximo ao sítio, o cachorro correu na minha frente e passou pelo portão de madeira como se o portão fosse um velho conhecido seu e seguiu em direção ao jardim.

A cova que eu tinha visto aberta havia poucas horas estava coberta com terra. Dentro da casa, na cozinha, o martelo estava limpo e guardado numa gaveta. Não havia sangue em nenhum lugar. Nenhum sinal de morte. O meu quarto estava limpo, com roupa de cama nova. Fui até a cova, peguei a pá e retirei a terra. O corpo de Ana não estava mais lá.

O Sol, oculto durante o dia pelo céu nublado, começava a se pôr detrás das montanhas. O meu desespero transformara-se em anestésico. Abri a geladeira para ver se tinha algo que pudesse dar ao Órfão para comer. Encontrei alguns pedaços de frango, que ele devorou em segundos. Pensei em Ana. Eu deveria ir até a sua casa. Avisar a família. Então me lembrei de que Ana era viúva e morava sozinha. Os pais moravam na cidade. Amanhã cedo eu pegaria o carro e iria até eles. Não, não iria. Eu nem sabia onde estava o corpo de Ana. O que diria a eles? Sua filha foi assassinada, mas o corpo dela sumiu? Eu já nem tinha certeza de tudo o que tinha vivido naquela manhã. Alguém na plateia se lembra do que comeu hoje no café da manhã? E depois? O que fez? Definitivamente, eu precisava descansar. Olhei para o celular e pensei em telefonar para o Samir. Não custava nada deixá-lo vir até o sítio para conversarmos sobre a loja. Mas não naquela hora. Deitei-me no sofá e o Órfão se ajeitou no tapete. Fechei os olhos.

Sonhei com minha casa na infância.

28.
Som de tambores

PEÇO UM MINUTO apenas para tomar mais um pouco de água. Luzes, por favor! Minha garganta está seca. Não é fácil para um velho ator como eu segurar um monólogo sem fazer algumas pausas.

Elias bebe mais um copo de água.

Pronto. Agora podemos continuar. Obrigado pela compreensão de todos.

No sonho, algo como tambores sendo tocados por elefantes (nunca me esqueci da imagem dos elefantes tocando tambores e do som produzido por eles) não permitiam que eu fizesse qualquer atividade que necessitasse de um mínimo de silêncio. E isso só piorou nas horas que se seguiram. Depois de vasculhar a casa da minha infância, concluí que os sons estranhos e insistentes vinham do sótão.

Não era possível pensar sobre qualquer coisa sem que a conclusão fosse *tambores tocados por elefantes* ou simplesmente um grupo de elefantes dançarinos ou qualquer outra coisa que envolva elefantes. Não como elefantes treinados em circos. Esses faziam tudo por conta própria, algo como uma tradição. Meus pais diziam que esses sons estavam apenas em minha cabeça, eles não ouviam nada. Mas como? Era impossível não ouvir.

Quando abri o alçapão que dava acesso ao sótão, um raio de luz ofuscou minha visão. Dentro do sonho, tive a certeza de que estava dentro de um sonho. Detalhe: o relógio em meu pulso marcava dez horas da noite. Esfreguei os olhos e pude ver o Sol. Era vermelho. Só que menor ou talvez mais distante da Terra. Um cheiro adocicado de flores do campo estava tão intenso que me provocou espirros. No sonho, eu era alérgico a perfumes doces. Achei melhor entrar logo para não acordar os meus pais. Dentro do sótão, fui surpreendido por um gato verde com listras negras que usou minha cabeça como trampolim e sumiu entre as flores caçando uma borboleta. Sentado numa pedra ovalada, um velho amolador de facas trabalhava com tranquilidade.

— Bom dia! — disse o amolador de facas sem se virar, concentrado em seu trabalho.

— Bom dia — respondi um pouco desconfiado com a situação. Aquele era o sótão da minha casa, afinal.

— O moço trouxe faca de matar ou de comer? — perguntou o velho, sem olhar para mim. Diante de uma pergunta absurda como aquela, respondi com outra pergunta.

— E que diferença isso faz? — Mesmo porque eu não carregava nenhuma faca.

A reação dele foi inexplicável. Olhou para mim e deu um pulo para trás, guardou rápido suas coisas e arregalou os olhos como se eu fosse uma criatura assustadora.

— Eu disse alguma coisa errada? — gritei para ele, mas já estava longe.

Pude ouvir em seguida o som que estava me atormentando. Vinha de um ponto amarelo se movimentando no horizonte de flores roxas, foi se aproximando até revelar um garoto de cabelos encaracolados, olhos negros, vestindo uma capa amarela com botas pretas, tocando um pequeno tambor de madeira. Reconheci naquele instante que o garoto em nada se parecia com um elefante, muito menos com dezenas deles. Mas o som era exatamente aquele. Assim que me viu, parou de tocar e ficou paralisado. O céu iluminado de vermelho ficou escuro, as flores viraram cactos que se pareciam com árvores velhas e agourentas, o menino transformou-se num escorpião e sumiu na areia. Estrelas gigantes ou muito próximas da Terra iluminavam a noite como se fossem holofotes.

Diante desse deserto foi que me percebi, sem saber para onde ir e o que fazer para sair daquele lugar. Tentei, sem sucesso, encontrar o alçapão. Gritei por socorro. Eu estava sozinho. Fazia frio. Eu estava usando uma camiseta branca de manga curta e uma calça jeans.

— Ainda acha que não faz diferença?

— Quem está perguntando?

— E isso faz diferença? — O velho amolador de facas saiu de dentro de um cacto.

— Ah, é o senhor!

— Você tem ideia do que está fazendo aqui, meu rapaz?

— Aqui é o sótão da minha casa da infância e eu estou num sonho. Mas quem está sonhando é um velho. O velho que eu serei quando o futuro chegar. Mas... Eu é que deveria perguntar: o que o senhor faz aqui?

— Eu não lhe perguntei que lugar é esse, e sim se você sabe o que está fazendo aqui!

— Para dizer a verdade, eu só entrei aqui para descobrir de onde vinha aquele som de elefantes tocando tambores.

— Elefantes? Por aqui não vejo um elefante há séculos.

— Séculos?

— Eles vivem em porões, e não em sótãos. Boa tentativa, meu rapaz. Mas a mim você não engana. Sei muito bem reconhecer um morto quando vejo um.

— Um o quê?

— Um morto.

— Eu não estou morto! — Arranhei o meu braço para que ele pudesse ver o fio de sangue que ficou em minha pele.

— Já vi esse truque antes. Você não me engana. Humanos jamais conseguem ver o que há de verdade em um sótão. Enxergam apenas suas quinquilharias e restos esquecidos. Mas você...

— Então eu sou o primeiro humano a enxergar. — Eu não sabia que ao pronunciar essa frase estaria me condenando.

— Só há um modo de saber se você é um mentiroso ou não. Tome, pegue essa faca. Ela é uma faca para matar. Na verdade, é um punhal. Agora atravesse o seu coração com ela. — Mas, uma vez nesse momento, eu me lembrei de que estava sonhando e quis acordar. Já aconteceu isso com vocês? De ter a consciência dentro do sonho avisando para acordar?

— O quê? Você enlouqueceu? Se eu fizer isso, eu me mato!

— E se não quer fazer é porque teme que eu descubra a verdade. Um humano aqui no sótão não corre o risco de morrer, apenas irá sangrar, mas depois de alguns minutos seu corpo voltará ao normal, como se nada tivesse acontecido. Mas um morto... um morto, meu rapaz, não sangra. Não queira ver, é horrível. Ganha apenas uma ferida vazia, um buraco negro. Vamos! Faça logo! — insistiu o velho amolador, estendendo o punhal para que eu o pegasse.

— Não. Não irei fazer isso! Eu não sou louco!

— Exatamente como eu suspeitava. Um morto!

O sangue pegou fogo em minhas veias. Arranquei o punhal das mãos do velho e o enfiei em meu coração. As luzes das estrelas se embaralharam em minha mente, não consegui me sustentar em pé e despenquei no solo do deserto. Ainda tive tempo de ouvir passos velozes e murmúrios. O sangue jorrava.

Quando abri os olhos, achei que estivesse em minha cama, mas não. A minha volta, vi dezenas de figuras bizarras. O velho estava chorando, mas já não era o mesmo velho, ele se parecia com meu avô Amim. O menino tocador de tambor sorria para mim enquanto tocava o maldito tambor, o rosto dele me era familiar. Na realidade, eu não tinha aberto os olhos ainda. Estava preso em um caixão, e algumas velas, pretas e vermelhas, estavam acesas ao redor do meu corpo. Concluí que estava em meu velório. O meu velório. Sim, só podia ser um sonho, pensei, eu estava delirando por ter enfiado um punhal em meu coração. O velho se aproximou do caixão e falou em meu ouvido:

— Esqueci-me de lhe contar um detalhe, rapaz. Nesse período, o seu corpo pode achar que realmente está morto. E sua mente começa a lhe apresentar possibilidades futuras. A morte é uma delas. Para voltar à vida, você precisa pensar em algo que realmente seja importante para você no seu mundo. Caso contrário, você pode ser enterrado vivo. E não queira saber como é. Uma sensação terrível.

— Quem é você, afinal?

— Não há tempo, meu rapaz. Se pretende não perder a vida, é melhor pensar em alguma coisa. Algo que possa fazer com que o seu desejo de viver seja maior que a morte.

Eu sabia que tudo não passava de um sonho ridículo, um conto de fadas macabro, como a merda de uma aventura sobre autoconhecimento, essas palhaçadas todas, mas não conseguia acordar. Pedi ao velho que se aproximasse. Apenas ele podia me ver para além do corpo estendido no caixão. Resolvi que jogaria a porcaria daquele jogo.

— Você. Agora me importa saber quem é você — disse-lhe.

Quando abri os olhos pela segunda vez, eu estava sentado em cima de uma pedra ovalada, amolando algumas facas. Percebi um jovem estranho se aproximando e lhe perguntei, sem olhar para ele:

— O moço trouxe faca de comer ou de matar?

— E isso faz alguma diferença? — respondeu ele.

Quando olhei em seus olhos, reconheci que eu era ele. Espantado, fugi. No caminho, cruzei com um menino tocando tambor e vestindo uma capa amarela.

Entrei no primeiro cacto que encontrei, e uma coisa pegajosa e verde grudou em meu corpo, percebi que eu já não era mais o velho. Coloquei a mão na ferida do corte em meu peito, e já estava quase cicatrizado. O velho apareceu na minha frente.

Peguei uma das facas de matar e enfiei no coração do velho amolador. Uma ferida vazia. Senti uma dor profunda no centro do meu peito. Logo eu estava em meu quarto da infância. Precisava tomar um banho. Ouvi minha mãe me chamar para o café da manhã e gritar que eu estava atrasado. Fiquei surpreso ao olhar para minha cama com o corpo sem vida de um garoto vestindo uma capa amarela. Dentro de mim, ouvi algo como elefantes rufando tambores.

Tomei banho, troquei de roupa, olhei pela janela do meu quarto e vi que estava chovendo. *Vou precisar de um guarda-chuva*, eu pensei. Fui para a cozinha. No meu lugar à mesa estava sentado o menino vestindo a capa amarela. Minha mãe olhou para o garoto com ternura. Aproximou-se dele e serviu um prato vazio.

— O que você quer, meu filho? Faca de comer ou de matar? — perguntou a ele.

Senti algo queimar em meu peito. O meu corpo estava frágil e eu tinha dificuldade em me movimentar. Estava velho. O menino que um dia eu fui olhava para mim com desprezo. Eu o via, ainda sentado, com uma faca cravada no centro do seu peito. Minha mãe, com as mãos sujas de sangue, acendeu um cigarro e, antes de tirar o prato da mesa, ligou a televisão na sala. Sentou-se no sofá. Mudou de canal até encontrar um documentário sobre a vida dos elefantes.

Eu sei. Eu também não consigo explicar. Mas um sonho assim, com começo, meio e fim, é difícil de sonhar, não acham?

29.

QUANDO EU ACORDEI, o coração disparado, Órfão estava lambendo o meu rosto. Era madrugada. Meu corpo estava arrebentado por eu ter dormido de mau jeito no sofá. E, por um instante, eu tinha me esquecido de tudo o que tinha acontecido desde a madrugada do dia anterior. Mas logo me lembrei de Ana.

"*Trouxe para o senhor umas bananas lá do meu quintal. Estava até perdendo. O senhor gosta de banana, não gosta?*"

"*O senhor estava trabalhando no jardim logo cedo, seu Elias? Quero chegar na idade do senhor com essa força toda.*"

"*Ana! A água está transbordando aqui no tanque!*"

Fui até a cozinha tomar um pouco de água. Minha mão esquerda tremia. Um sopro de vento entrou pela janela, e de cima do balcão voou um papel, como uma folha quando se desprende do galho de uma árvore.

Sr. Elias,

Não pude ficar esperando. Deixei uns panos de molho no balde na área de serviço. Na próxima quarta-feira que eu vier trabalhar, o senhor me paga. Não precisa se preocupar. Obrigada

Ana

Deixei o bilhete cair das minhas mãos e fui me sentar no sofá. As palavras de Ana naquele papel deveriam ter me causado alívio, mas, ao contrário, me trouxeram pânico e mais dúvidas sobre a minha sanidade. Eu podia jurar que tinha visto o corpo de Ana naquele buraco.

Levantei-me e conferi os móveis, os discos e livros na estante, cada canto, quadro e objetos que compunham a decoração da casa, para ter a certeza de que eu estava ali, naquele tempo e espaço, de que não era um delírio. Na entrada da casa, a reprodução de *A Ilha dos Mortos* me deu a confirmação de que eu precisava para me certificar de que eu estava acordado e consciente. Foi o primeiro quadro que minha mãe pendurou na parede. Às vezes eu a via parada diante da imagem como se meditasse. Ficava minutos em silêncio, apenas contemplando.

"Elias, meu filho." A voz de minha mãe se mostrou tão presente em minha lembrança que parecia estar ao meu lado, e não apenas em minha mente. Por qual motivo eu me lembrava de minha mãe naquele momento? Eu tinha total consciência de tudo. Olhei novamente para o relógio no micro-ondas. Era meia-noite. Não tinha me dado conta de que ficara tanto tempo no sofá. Levantei e me sentei à mesa da cozinha.

— Você se lembra de sua mãe ainda, Elias? — A voz dela atrás de mim.

— Nunca me esqueci — disse-lhe. Senti o peso de suas mãos em meus ombros.

Lembro-me de que o peso das mãos da minha mãe sobre a minha pequena mão esquerda de criança me impedia de escrever e desenhar. Apanhei muitas vezes por isso e também ouvi sermões. Ela dizia que a mão esquerda não poderia ser usada para atividades banais, que a ela sempre se reservava propósitos maiores. Mamãe não precisava mais dizer, nem usar a força, os seus olhos me fulminavam, eu deveria escrever com a mão direita, mesmo sendo canhoto. Às vezes ela amarrava a minha esquerda na cadeira para que eu não tivesse a tentação de usá-la para fazer as lições de casa. Se eu me esquecia da ordem e passava a segurar o garfo com a mão esquerda na hora do almoço, ela amarrava a minha mão na cadeira e me forçava a só usar a direita. Como eu não tinha nenhuma habilidade com a direita, ao tentar pegar um pedaço de frango e levá-lo à boca, acabava por deixá-lo cair no chão. Ela me obrigava a pegá-lo do chão e colocá-lo de novo em meu prato, e de novo o frango caía, até que eu conseguisse um jeito de comê-lo sem que ele fosse parar novamente no chão.

— Você se lembra de quando vínhamos só nos dois para o sítio? Você gostava tanto de nadar na piscina, Elias! — Ela estava sentada ao meu lado na mesa. Eu, com 80 anos, ao lado de minha jovem mãe me causava um desconforto. Mesmo com nossa diferença de idade, eu ainda me comportava como se pertencesse a ela. Como se ela tivesse qualquer tipo de autoridade sobre mim. Logo percebi a situação e, para não cair em seu jogo, mudei a minha postura.

O Órfão latia para ela.

Aqui é importante dizer que eu realmente vi minha mãe ao meu lado. Um dia desses, contei essa história para um conhecido, e ele me disse que era um pouco confuso entender se era delírio ou realidade. Ou mesmo se o que me acontecia era fruto da minha memória ferida ou relâmpagos da minha imaginação. Então eu perguntei a ele se era possível separar uma coisa da outra quando se está numa situação como a minha? Provavelmente não, ele me respondeu. Portanto, eu disse, não há confusão alguma. É o que é. Ele deu de ombros e bufou. Não quis mais ouvir minha história. O que eu quero dizer é que a lógica do cotidiano não serve para nada quando se está na pele de alguém como eu.

— Faça esse cão parar de latir! — disse ela.

— Não está me incomodando. Achei que só eu estivesse incomodado com sua presença, mas parece que o cachorro não está muito feliz com você aqui.

— Elias, meu filho, é assim que você recebe sua mãe? — Ela se aproximou do meu rosto, e pude sentir o seu perfume. Mamãe tinha morrido num acidente de carro vinte anos depois da morte de meu pai. Atravessou um cruzamento no sinal vermelho e um caminhão chocou-se contra a porta do lado do motorista. Mamãe morreu na hora.

— Eu não te convidei — disse-lhe.

— Você sabia que esse cachorrinho não pertence a esse mundo, não sabia?

Eu olhei para o Órfão como se esperasse uma resposta dele. Não confiava em nada do que o espectro da minha mãe ou a lembrança atormentada dela seja lá o que ela fosse naquele momento me dizia. Mas ele apenas parou de latir e veio balançando o rabo em minha direção. Fiz carinho em seu queixo e olhei bem fundo em seus olhos.

— Ele não parece estar morto — falei.

Vocês na plateia acham que esse cão está morto ou vivo?

— E como você pode ter certeza disso? — perguntou ela.

Analisei o cão. Enfiei os meus dedos em seus pelos dourados. E antes que eu pudesse responder, minha mãe não estava mais ali.

— Elias! — Eu a ouvi gritar de fora da casa. — Venha!

Ela caminhava ao redor do jardim. Pisava em cima da cova.

— Eu gostava tanto da piscina, meu filho — disse ela. Tirou a roupa e mergulhou. O cadáver do sujeito que eu havia enterrado boiava de bruços, mas ela não se importava com ele. Nadava nua como fazia quando eu era pequeno.

— Venha, meu filho, tira essa roupa e entre na água comigo.

Eu tinha voltado a ser um garoto de 10 anos. Mergulhei. O cadáver não estava mais ali. Mamãe nadou até mim e me abraçou.

— Elias, meu filho. Há muito tempo que eu esperava por esse abraço.

A transparência da água aos poucos dava lugar a um líquido vermelho, que foi ficando espesso até se tornar lama.

— Não se preocupe, meu filho. Não há nada de errado. É apenas o meu sangue manifestando a beleza da vida. Relaxe. Não tenha medo.

Ela me deixou boiando e saiu da piscina. Caminhou com a lama espessa escorrendo pelo seu corpo. Fiquei imerso ali não sei por quanto tempo. Sentia-me entregue àquele estado, como se pudesse ficar para sempre boiando à deriva. Ali eu me sentia protegido e amado.

Devo ter adormecido. Acordei com o calor dos raios de sol queimando a minha pele enrugada. Meu corpo todo coberto pela terra úmida. Eu estava deitado em cima da cova.

30.
Ao som de uma Suíte de Bach para violoncelo

LEVANTEI-ME DO CHÃO batendo com as mãos por todo o meu corpo para tirar um pouco da lama seca que tinha se grudado à minha pele. Deixei os sapatos na varanda. Antes de entrar em casa, ainda olhei mais uma vez para o jardim.

Abri a porta. Na sala, Fátima, minha irmã, tocava violoncelo. Meu pai lia seu jornal sentado na cadeira de balanço. Minha mãe pintava as unhas na mesa da cozinha. Outra vez eu tinha voltado a ser um menino. Fui ao banheiro, precisava tomar um banho, tirar aquela terra do corpo. O Órfão também estava lá, o que não fazia nenhum sentido. O único animal de estimação que eu tive naquela época foi um gato, e se chamava Félix. Enquanto deixava a água quente levar toda a sujeira, pensava no motivo pelo qual eu estava de volta à casa da minha infância.

    Fechei a torneira, me enxuguei, fui para o meu quarto. Da janela, eu podia ver o sítio lá fora. Era só abrir a porta da frente e tudo voltaria ao normal. Eu voltaria ao meu corpo de velho e o menino ficaria no passado. Eu me perguntava por qual motivo o menino que fui me torturava em minha velhice. Se pudesse, eu o mataria sem nenhuma piedade. Seria bom para nós dois. Só levaria comigo o Órfão. Fátima abriu a porta. Ainda segurava o violoncelo nas mãos. Entrou, trancou a porta e guardou a chave em seu bolso.

    — Precisamos ter uma conversa, Elias! — disse ela. Fátima estava com 16 anos. Eu tinha 11.

    — Sobre o quê?

    — Você sabe que a irmã do Jonas estuda comigo, não sabe?

    — Jonas? — Eu não me lembrava.

    — Não se faça de bobo, Elias? O Jonas que está na sua sala.

    — E o que é que tem?

    — Vou ser bem direta. Os meninos da escola estão falando que você não gosta de meninas!

    — O quê? — Aquela conversa não estava entre as minhas lembranças. Nem o que aconteceria depois.

— Estão falando do banho depois da aula de educação física.

— Falando o quê?

— Dizem que você ficou... que o seu... enfim, você sabe do que eu estou falando, que você ficou excitado debaixo do chuveiro quando os meninos pulavam e gritavam para comemorar a vitória do time de vocês no jogo.

Fiquei em silêncio. Eu não tinha na minha memória aquela conversa com Fátima. Do episódio no banheiro eu me lembrava, inclusive já falei aqui, mas não de ter visivelmente demonstrado minha excitação. Eu só precisava abrir aquela maldita porta do quarto e sair daquela casa o mais rápido possível. Dei as costas para ela e caminhei em direção à porta. Fátima me agarrou pelos braços e me jogou na cama.

— Você precisa entender, Elias! Um menino gosta de meninas. E talvez você só precise experimentar para saber que é de meninas que você gosta, entendeu? Eu sei do que estou falando, e você não vai querer viver a vida dos homens que gostam de outros homens. Isso só vai te trazer sofrimento. Sou sua irmã mais velha e não vou deixar isso acontecer com você. Vou te proteger para sempre, Elias. Você já beijou alguém?

— Não.

— Eu vou te ajudar com isso. Esconda seu rosto no travesseiro. Vamos logo, Elias.

Eu enfiei minha cara no travesseiro. Daquele cheiro de alfazema eu me lembrava.

— Pronto! Pode se virar agora. — Fátima estava nua.

Eu quis esconder novamente o meu rosto no travesseiro, mas Fátima me puxou pelas mãos.

— Venha, Elias, não tenha medo. Eu sou sua irmã e não posso deixar você ser malfalado na escola. Agora venha aqui e coloque as mãos nos meus seios e me diga se sente alguma coisa.

Eu fiz o que ela pediu. Mas não senti nada.

— Olhe para mim, Elias! Esquece que eu sou sua irmã. E me diz se você não fica com vontade.

— Eu não sei... Acho que não sinto nada.

— Impossível, Elias! Qualquer garoto da minha sala daria tudo para estar no seu lugar agora.

Lembrei-me de que, depois dessa vez, Fátima ainda viria ao meu quarto muitas outras vezes. E mesmo que eu dissesse que não queria, ela ameaçava me bater.

— Você precisa aprender a ser homem, Elias — dizia. — Eu faço isso para o seu bem.

Fátima me mostrava revistas pornográficas e me fazia me masturbar enquanto ela me observava. Foi com essas revistas que eu descobri que me sentia muito mais atraído pelos homens do que pelas mulheres.

— Está vendo, Elias? — Fátima me mostrava as fotos nas revistas. — É assim que se faz. Você pode treinar comigo. Eu sou sua irmã e isso é normal, entendeu? Mas é melhor que seja um segredinho nosso. Eu cuido de você, Elias. Eu te amo! Certa vez, Fátima se esqueceu de trancar a porta. Devagarinho, minha mãe a abriu e ficou nos observando pela fresta, os olhos grandes, até o final, até que eu gozasse. Em nenhum momento ela interferiu no que estava acontecendo entre minha irmã e eu.

Às vezes, quando minha irmã não estava em casa, eu invadia na ponta dos pés o seu quarto e trancava a porta. Despia as suas bonecas daqueles vestidinhos de crochê e me despia também. Os olhos das bonecas abriam e fechavam de um modo que me davam medo e prazer. Os cílios grandes, como os meus. Seus corpinhos nus, eu os invejava. Ia até o armário, abria as gavetas de roupa, pegava uma de suas calcinhas e me vestia. Olhava-me no espelho. Num primeiro momento, me achava ridículo, não que estivesse me sentindo feio, mas o volume do meu pequeno membro não combinava com a beleza da calcinha rosa de renda. Queria escondê-lo, sem muito sucesso, mas a possibilidade de me olhar no espelho e quase não ser aquele menino me fazia alcançar um vestido e experimentá-lo. Branco com florezinhas vermelhas. Não gostava. Ele escondia a calcinha. Eu tirava o vestido e caminhava até as bonecas e fazia xixi em seus corpos nus. Eu sempre me arrependia por fazer aquilo. Tirava a calcinha e sentia o tecido tocando minha pele com se alguém me tocasse com a ponta dos dedos. Jogava a calcinha no fundo da gaveta. Vestia minha roupa de menino e saía do quarto.

31.
Elias se dirige ao centro do palco. Olha com mansidão para a plateia, depois, para o teto da sala de teatro

CHEGOU O MOMENTO de falar sobre a ferida que nunca cicatrizou em mim. Estou ainda com estilhaços espalhados e incrustados em minha pele. Se pouco falei de Hassan até agora é pelo simples fato de que não sou capaz de falar sobre ele sem me atormentar. Só irei contar a vocês o que posso e consigo. Tentarei ser objetivo em meu relato, evitarei me conectar demais a emoções profundas. Serei breve e didático. Mesmo que eu tentasse não ser, não seria possível traduzir a beleza do que vivemos juntos. Nada de música durante essa cena. Vamos fazer isso em silêncio.

Muitos anos depois, em 1974, conheci Hassan, um jovem libanês que estava visitando alguns parentes no

Brasil. Seus tios e primos tinham um restaurante na rua 25 de Março. Certo dia, Hassan se deparou com a placa na fachada da minha loja. Curioso com o sobrenome Ghandour escrito em português e em árabe, entrou. Tinha os olhos negros, os cabelos encaracolados, a pele morena. Nunca tinha visto um jovem tão bonito quanto ele. Caminhou em minha direção e deu um sorriso para mim. Eu jamais esqueceria o modo como o sorriso de Hassan enchia de beleza qualquer lugar. Ele me contou que tinha grandes amigos no Líbano com o mesmo sobrenome. Mesmo com meu árabe enferrujado, conseguimos nos entender. E do sobrenome *Ghandour* passamos a falar sobre outros assuntos, como gastronomia, cinema, literatura e teatro.

Hassan amava Buñuel e Fellini. *Belle de jour* e *La dolce vita* eram os seus preferidos. Tinha paixão pelo Mastroianni. *O estrangeiro*, do Camus, *Memórias de Adriano*, de Marguerite Yourcenar, e *O imoralista*, de Gide, estavam entre suas melhores leituras. Quando nos conhecemos, Hassan estava escrevendo um romance, queria ser escritor. Tratava-se da história de um jovem que, para viver sua própria vida, sem interferência da família, forjou a própria morte, abriu mão da herança do pai e viveu em sua jornada muitas vidas, foi cozinheiro, artista de rua, mascate, contrabandista, ladrão, mendigo, jardineiro e, por fim, quando completou 50 anos, foi para o alto de uma montanha viver como eremita. Quando chegou aos 70 anos, desceu a montanha, voltou para sua cidade natal e ateou fogo ao próprio corpo sentado em posição de lótus sobre o túmulo do seu pai.

Dizia Hassan que o eremita, em seus vinte anos de meditação, concluíra que tanto sua vida mundana quanto sua vida espiritual não faziam nenhum sentido, que a existência humana se tratava de um mesmo absurdo, de um mesmo nada, fosse ela vivida de forma profana ou sagrada. Portanto, para ele, aquele final não significava arrependimento do protagonista, nem insatisfação com a própria vida, mas sua verdadeira iluminação. Hassan não chegaria a finalizar o romance.

Eu disse a ele que a conclusão a que o seu protagonista havia chegado era parecida com a fala de Macbeth:

"*A vida é apenas uma sombra errante, um mau ator*
A se pavonear e afligir no seu momento sobre o palco
E do qual nada mais se ouve. É uma história
Contada por um idiota, cheia de som e fúria,
Significando nada."

A diferença estava no fato de o protagonista de Hassan entender aquilo como iluminação.

Nossas afinidades intelectuais foram se espalhando dentro de nós e escoaram de nossa mente até chegar aos nosso corpo. Como não tínhamos um lugar seguro para manter nossa privacidade, Hassan vinha me encontrar depois que a loja fechava. Com ele, eu me despia de qualquer máscara. Ele trazia uma garrafa de vinho, e ficávamos no meu escritório. Foram noites intensas. Meu corpo se expandia, vibrava e chegava ao máximo de prazer que pude sentir na vida. Primeiro nos despíamos e nos tocávamos com delicadeza. Os nossos membros eretos. Era a primeira vez que eu me entregava completamente numa relação íntima. Nossos corpos pareciam se conhecer desde sempre. Hassan sentava-se na cadeira em que eu ficava boa parte do dia fazendo contas e me puxava pelas costas para junto dele. Suas mãos conheciam o meu corpo. Quando eu sentia o seu pau duro me penetrando, ele se levantava sem sair de dentro de mim e me deitava de bruços sobre a madeira da mesa. Eu sentia, em êxtase, a rigidez dos seus músculos, seus movimentos me dominavam, eu me entregava, e quando ele chegava ao orgasmo, voltávamos a beber o vinho, e depois transávamos de novo, até quase o dia amanhecer.

Eu e Hassan passamos a nos encontrar quase todas as noites. Depois de um mês, ele voltaria para Damour, sua cidade no Líbano. Fizemos planos de nos encontrar no começo de 1975. No final de janeiro, Hassan foi me buscar no aeroporto, em Beirute. Raquel ficou tomando conta da loja durante os vinte dias em que estive viajando. Aleguei que viajava a negócios, a fim de trazer novidades para a loja.

Viajamos por algumas cidades do Líbano: Zahle, Balbeque, Trípoli e Damour, a cidade da família de Hassan. Passamos pela vila Al-Mashraa, onde encontramos os amigos de Hassan de sobrenome Ghandour.

Naqueles dias, eu voltei a experimentar uma sensação de plenitude que eu só tinha sentido quando estudava na Escola de Arte Dramática. Eu nunca tinha amado ninguém como amava Hassan.

Voltei para São Paulo decidido a me separar de Raquel. Mas naquela ocasião, não tive coragem de pedir a separação. Eu e Hassan trocávamos cartas nos meses em que estivemos separados pela distância. A cada nova carta dele, o mundo se fazia outro. Tudo ganhava sentido. Eu vivia com entusiasmo. Às vezes, não voltava para casa depois do expediente e ficava no escritório me lembrando de nossas noites.

Em abril, começaram os conflitos no Líbano que culminaram na guerra civil. Hassan voltou ao Brasil em agosto. Dessa vez, ficou até novembro. Foram dias maravilhosos. Eu já não podia mais viver sem a companhia dele. "Fique", eu disse, "não vá embora". "Podemos viver juntos aqui." Ele disse que era tudo o que ele queria, mas ainda precisava estar com sua família até que eles se acostumassem com a ideia de sua mudança para o Brasil.

Além do fato de Nádia, sua irmã, ser a única da família que sabia e apoiava o nosso relacionamento.

Raquel, é claro, passou a desconfiar desse meu amigo libanês. Queria saber que tanto tínhamos para conversar um com outro. Eu dizia apenas que parecia que nós já nos conhecíamos de outra vida. E tinha mesmo essa sensação, de que eu e Hassan nos conhecíamos desde sempre.

No dia 20 de janeiro de 1976, os militantes da Organização para a Libertação da Palestina atacaram a cidade de Damour. Entre os mais de trezentos mortos, no que depois ficou conhecido pela história como "o massacre de Damour", estava Hassan. O absurdo da existência tinha atingido Hassan. A estupidez da guerra acabara com meu segundo sonho de liberdade. Os tiros que o mataram também feriram o meu corpo. A guerra, a merda de qualquer guerra, nunca fez e nunca fará sentido. Não acredito em nenhuma luta feita com armas. Por nenhum motivo. Nenhum.

Recebi uma carta de Nádia, dizendo que Hassan não morrera na hora, tinha sido levado para o hospital, mas não resistira aos ferimentos. Hassan tinha levado três tiros, um deles perfurou o seu pulmão. Entre suas últimas palavras para a irmã, ele pediu a ela que me dissesse que tinha sido o homem mais feliz do mundo ao meu lado.

A morte trágica de Hassan me deixou doente. Fui tomado por uma depressão que quase me levou ao suicídio. No entanto, eu era covarde. Não tive coragem. Hoje me arrependo.

Não vou me aprofundar muito mais e dar detalhes sobre a minha relação com Hassan, ainda é uma história que revira o meu estômago e me joga no fundo do último poço seco do mundo.

Continuei casado com Raquel. Em 1984, Samir nasceu. Quando a guerra civil libanesa acabou, em 1990, fui para Damour e me encontrei com Nádia. Fomos juntos visitar o túmulo de Hassan. Deixei flores em sua lápide, lembrei-me das nossas conversas, da nossa paixão intensa. Chorei e o agradeci pelos melhores dias da minha vida.

Quando voltei a São Paulo, decidi que iria me separar de Raquel assim que Samir estivesse um pouco mais velho.

Fátima, minha irmã, nunca conseguiu me transformar no menino que ela queria que eu fosse.

32.

SAÍ DO QUARTO da casa da minha infância.

O Órfão veio eufórico, pulando em mim com suas patas sujas de terra. Ele me reconhecia na minha versão criança tanto quanto me reconhecia como velho. Olhei novamente pela janela, e lá fora ventava e chovia. Só não compreendia por qual motivo a casa por dentro era a da minha infância, mas por fora era a casa no sítio. Atravessei a sala, coloquei a mão na maçaneta da porta da entrada. Fui interrompido por meu pai. Sem tirar os olhos do jornal, sentado em sua cadeira de balanço, ele disse:

— Já vai sair de novo, filho? Você acabou de chegar!

— É que eu preciso pegar algumas coisas que deixei lá fora, mas já volto — inventei uma desculpa qualquer. Ele começou a rir.

— Você é engraçado, Elias. O que você espera encontrar lá fora, meu filho? Temos tudo do que precisamos aqui dentro de casa.

— Nada de especial — falei e mudei de assunto. — E como vão as notícias? Alguma novidade acontecendo no mundo?

— Se quiser saber das notícias, leia você mesmo. — Ele estendeu o jornal para que eu o pegasse. — Aliás, você já tem 10 anos, está na hora de saber em que mundo você vive e o que te espera pela frente.

Fiquei sem saber exatamente como deveria agir. Aquele homem era um estranho para mim. Não me lembrava mais do som da sua voz, nem de como ele se remexia na cadeira, como se nunca encontrasse um modo confortável de se acomodar. Achei melhor pegar o jornal. Depois eu sairia, fingindo estar tranquilo. Sentei-me no sofá e passei os olhos nas notícias. Não tinha nada nas páginas, além de pontos, vírgulas, sinais de exclamação, interrogação, acentos agudos, crases, aspas, reticências, enfim.

— Mas aqui não tem nada! — disse-lhe. Ele riu novamente.

— Agora você entendeu, meu filho? Não adianta sair. Não há nada acontecendo lá fora. Somos nós, apenas nós. Eu, você, sua mãe e sua irmã. E esse cão. Aliás, não era para ser um gato? De onde veio esse cachorro? — Meu pai deu uma pausa, como se estivesse buscando uma explicação para a presença do Órfão. Pelo menos, foi como eu interpretei aquele olhar vazio que ele lançou para a parede a sua frente. — Enfim, não importa, o mais importante é que somos nós, apenas nós, para sempre juntos aqui nessa casa, como uma família deve ser — disse ele.

Naquele momento, pensei que só conseguiria sair dali com o Órfão. Ou melhor, com a ajuda dele. Órfão era o único de nós que nunca tinha vivido com a família. Ele não era um de nós, como disse meu pai. E não sendo um de nós, Órfão não estava preso àquele tempo e espaço.

— De qualquer maneira, eu quero tentar — falei. Era só abrir a porta, deixar que o Órfão fosse na frente, e caso eu não encontrasse nada lá fora, eu voltaria e pronto.

— Faça como quiser. Só estou avisando. — Ele se balançava na cadeira, somente a ponta dos seus pés tocava o chão. Não me lembrava de Jamil ser tão baixinho.

Com a porta aberta, olhando de dentro da casa, lá fora era só escuridão. Órfão colocou as quatro patas para além da linha que separava o lado de dentro do lado de fora da casa. Um brilho intenso de claridade atingiu os meus olhos. Eu me lembrei de que os meus dias de menino não foram dias felizes.

Saí e fechei a porta atrás de mim.

33.
Som de maritacas no telhado

NA FRENTE do sítio, havia um carro de polícia estacionado. Eram sempre os mesmos policiais que faziam a vigilância. Mas só davam as caras quando acontecia de sumir algumas galinhas de moradores da região, ou quando as brigas de família iam para além da troca de ofensas, ou simplesmente quando eles entendiam que seria bom fazer uma ronda para não serem esquecidos.

— Boa tarde, Sr. Elias? — Por algum motivo inexplicável, eu me lembrava dos nomes deles.

— Boa tarde, Conan! — respondi. Apertei a mão do policial, seus braços pareciam inflados, como de um boneco de posto de gasolina. Gordos e flácidos. Músculos que provavelmente algum dia tiveram vigor. Claro que aquele não era o nome dele, mas o apelido fazia mais sentido que o seu nome verdadeiro: Virgílio. Ele mesmo preferia o apelido ao nome de registro. Estendi a mão para o outro, Jacó. A mão branca e ossuda. Senti como se estivesse cumprimentando um punhado de gravetos. Tive medo de apertar forte e quebrar os seus ossos.

— Devo me preocupar com uma visita tão inusitada?

— Bem, Sr. Elias. Não chega a ser algo tão preocupante, mas poderá ser... sem dúvida... caso... o episódio não seja resolvido, entende? O fato é que temos recebido chamadas dos moradores denunciando pequenos furtos nessa região. Alguns acreditam que deve ter um ladrãozinho por aí invadindo as propriedades. — Conan tirou um caderninho do bolso, passou o dedo indicador da mão direita na língua e virou a página.

— Aqui está. Já foram roubados: uma carriola, duas lanternas, cinco martelos, oito galinhas, dois porcos e um cachorro.

— E no que eu poderia ajudar?

— Alguma anormalidade por aqui? O senhor viu alguém estranho passando pela frente do sítio? — Jacó falava fazendo o tipo policial desconfiado.

— A visita dos senhores pode ser chamada de anormalidade, afinal, vocês não passam por aqui há pelo menos dois meses, não?

Os dois ficaram em silêncio.

O Órfão rosnava e latia para os policiais. Definitivamente, não gostava deles. Eu também não.

— O senhor tem um cachorro agora?

— Sim, já faz uns dois meses que adotei o Órfão. — Ao pronunciar "Órfão", percebi o quanto havia me afeiçoado ao cachorro. Pensei na possibilidade de ele ser o cão *roubado* da lista do Conan, e por isso menti sobre o Órfão estar comigo havia dois meses.

— Órfão?

— Sim, é o nome dele.

— Bem original. É isso aí. Gostei. Senão fica todo mundo chamando o cachorro de Totó, Dino, Floquinho. Esse é mais original.

— E não tinha uma piscina ali? — perguntou Jacó, investigativo.

— Tinha, mas logo no primeiro mês que me mudei, mandei cobrir com terra para fazer um jardim. Como vocês podem ver, ainda está inacabado.

— Eu tenho um terreninho, sabe? Não é grande assim como esse do senhor. Mas tenho pensado em fazer um jardim na frente da casa. O que foi que o senhor plantou ali? Posso dar uma olhada? — Conan nem esperou minha resposta e foi entrando.

— Eu mesmo não entendo muito de jardinagem. O Edgar é quem me ajuda — falei.

— Sei. Entendo — disse Conan, olhando para o lugar onde eu havia feito a cova. Caminhou até ficar exatamente sobre a terra fofa, em cima do cadáver. — Esse lado aqui o senhor ainda vai plantar alguma coisa, certo?

— Sim! Acho que vou plantar girassóis.

— Girassóis... É uma boa ideia. E a terra aqui é boa. Vou pensar nisso para o meu jardim.

Durante o tempo em que os policiais estiveram ali no meu jardim, a única coisa que passava pela minha cabeça é que eles jamais encontrariam o sujeito que procuravam, nem poderiam imaginar que ele estava enterrado bem abaixo dos nossos pés.

— O senhor não se arrepende de não ter mais a piscina? — perguntou Jacó.

— Só me dava gastos, e fazia anos que ninguém mais usava, então...

— É uma pena, daqui a pouco vêm os netos por aí — insistiu o policial.

— Meu filho nem casado é. Acho que não vou ver uma criança por aqui tão cedo — afirmei.

— É uma pena, mesmo assim. Desculpe a sinceridade, mas eu não entendo como alguém cobre com terra uma piscina para fazer seja lá o que for em cima. Sei lá, piscina é uma coisa mais alegre. Assim fica parecendo um cemitério!

— Para de encher a paciência do homem, Jacó! Vamos embora que ainda temos muitos sítios pela frente.

— Bem, me desculpe qualquer coisa, Sr. Elias. Mas agora o senhor já sabe: se perceber algum elemento suspeito, por favor, entre em contato.

— Eu é que agradeço a visita. — Acompanhei os policiais até o portão. Órfão ficou latindo até o carro sumir de vista.

34.
Som de trovões

O CÉU FICOU carregado por cumulunimbus, escureceu em segundos. As nuvens cobriram as montanhas. A temperatura caiu. Antes que começasse o dilúvio, peguei uma taça de vinho, sentei-me na poltrona e coloquei para ouvir "Oblivion", do Piazzolla. O som do bandoneón se espalhava pela casa e se confundia com o vento batendo nas janelas e a chuva pesada que começava a cair. Órfão lambia minhas mãos e me pedia comida. Se a vida fosse aquele sentimento de plenitude que Piazzolla conseguia transmitir com sua música e que eu sentia naquele momento, até desejaria a imortalidade. A verdade é que, se eu pudesse escolher uma música para tocar em meu velório, seria "Oblivion". Foi uma das primeiras músicas que eu e Hassan ouvimos juntos. Não há em sua composição nenhuma esperança, mas há beleza. O que faz a existência valer a pena não é a esperança, nunca foi. Sempre foi a beleza. A esperança pode ser um dos caminhos para se chegar à beleza, mas não é o objetivo final. Hassan é quem dizia isso.

Eu nunca tinha presenciado uma tempestade como aquela no sítio. Relâmpagos e trovões comandavam o espetáculo. O vento levantava as telhas, a água se infiltrava e escorria pelas paredes. As andorinhas caíam mortas na varanda ou se debatiam até morrer. A ventania, ou poderia dizer o ciclone, carregou alguns galhos e os lançou contra a janela da sala. Estilhaços de vidro atingiram o meu rosto. Nada grave, cortes rasos numa pele desgastada. Estanquei com algodão três pequenas feridas. Não me lembrava de ter passado por nenhuma tempestade como aquela, tão bela quanto a música de Piazzolla.

Fiquei ali entre a tempestade e o bandoneón. Ouvi a música nem sei quantas vezes, tendo a companhia do vinho, da chuva forte, do vento, das lembranças, dos raios e relâmpagos.

35.

ERAM TRÊS E MEIA da manhã quando um relâmpago rasgou o céu, seguido de um estrondo terrível. Ouvi o ipê tombar produzindo um som que parecia o choro desesperado de um bebê. Suas raízes ficaram expostas. Em seguida, veio o vazio de um ruído estéril, e uma escuridão profunda dominou o sítio. A tempestade deu uma trégua. Contemplava da janela a fumaça densa que se elevava do chão de terra. O cansaço do dia, a música de Piazzolla, o vinho e a chuva me levaram, enfim, ao sono.

Adormeci no sofá ao lado do cão.

Peço licença, mais uma vez, para ir ao banheiro. Beber tanta água dá nisso.

Estamos caminhando para o fim do espetáculo. Se alguém quiser, agora é o momento de ir ao banheiro.

Pronto. Podemos voltar.

36.

PELA MANHÃ, saí para verificar o estrago. O ipê tinha sido atingido por dois raios, um bem no meio do tronco e outro um pouco mais abaixo, quase ao pé da árvore, fazendo com que ela tombasse no meio do terreno e deixasse expostas as raízes, como tentáculos de uma criatura monstruosa. Toquei com a ponta dos dedos aqueles tentáculos úmidos como se a qualquer momento eles pudessem me enlaçar e me devorar como num filme de terror.

Ao pé da árvore, vi um objeto volumoso, metade soterrado ainda, exposto pela violência com que o ipê fora arrancado do solo. Peguei uma pá e cavei ao seu redor. Algumas raízes estavam agarradas ao objeto. Envolto em um tecido de algodão, estava um baú. Desfiz o nó e desenrolei o tecido. Arrastei o baú para a frente da casa.

Abri o trinco e levantei a tampa. Encontrei ossos de um corpo humano, um crânio com uma fissura no centro da testa. Entre os ossos, embrulhada em um plástico negro e grosso, havia uma carta. No envelope, estava escrito: "Para Elias." Abri.

Elias, meu filho,

Quando você encontrar essa carta, muito tempo terá se passado desde a minha morte. Escrevo enquanto você toma banho. Hoje iremos ao sítio. Apenas nós dois. Estou levando uma muda de ipê-roxo para plantar logo na entrada. Levo comigo esse baú com o corpo retalhado do seu irmão bastardo. Filho de seu pai com a amante libanesa dele. Não faço isso por ciúmes. Nunca me importei com as saídas de Jamil. Faço isso por você, Elias. Seu pai não sabe, nem nunca saberá disso. Será um segredo só nosso. Levo você comigo, mas não poderei te contar nada agora. Você tem apenas 10 anos. Por isso, escrevo essa carta. Um dia talvez você me entenda. Não peço que me perdoe. Mas faço isso, meu filho, pelo seu futuro. A vagabunda da mãe do seu irmão poderia tomar tudo o que é nosso. Eu jamais permitiria que você não tivesse a garantia de um futuro tranquilo. Dentro do envelope, você já deve ter visto, está o documento de identidade do bastardo. "Ênio Ghandour", o seu pai até o registrou com o sobrenome dele. Ele que chore escondido o sumiço desse infeliz.

Não queira entender nada, Elias, mas eu sei que o ipê deve estar tombado agora, depois da tempestade da noite passada. Sim, eu sabia que isso iria acontecer. Não me julgue, meu filho. Apenas aceite. A vida não é feita apenas daquilo que podemos ver diante dos nossos olhos. Você sempre resistiu ao poder dos seres invisíveis em sua vida, daqueles que você só encontra em sonhos e não dá importância. Não subestime os sonhos, Elias, eles também são a sua vida real. Um filho meu, querendo ou não, cedo ou tarde, descobrirá por si mesmo essa verdade.

Com amor

Eternamente,

Mara, sua mãe.

19 de agosto de 1949

Enquanto eu lia aquelas palavras, eu me lembrava de minha mãe cavando, desenhando um círculo com velas vermelhas e pretas ao redor da muda de ipê, e do seu olhar de fogo que me aterrorizava e me encantava ao mesmo tempo.

— Elias, venha aqui! Encha a mão com terra e jogue dentro do baú.

— O que é isso que tem aí dentro, mãe?

— Não olhe, Elias! Apenas faça o que estou te pedindo, meu filho!

Ela me entregou uma vela preta e outra vermelha para que eu segurasse enquanto ela fazia suas orações. A cera escorria pelas minhas mãos. Depois, ela colocou as velas de volta no círculo. Com um punhal, fez um pequeno corte na ponta do meu dedo mindinho da mão esquerda. Pressionou o dedo para que as gotas de sangue caíssem sobre aquilo que hoje eu sei era o corpo do bastardo. Amarrou um tecido de algodão ao redor do baú e deu um nó. Apagou as velas.

Uma chuva de granizo começou a cair sobre nós. Minha mãe cobria o buraco com terra. Depois ela me pegou pelos braços e começou a dançar, estávamos molhados e as pedras de gelo que caíam do céu machucavam o meu corpo.

Entramos na casa e tomamos um banho. Mamãe encheu a mesa com queijos, salames, presunto e carne de cordeiro. Um banquete. "Coma, Elias!" Ela tomava vinho, e eu, água. Nós nos fartamos de tanto comer naquela noite.

Ainda com a carta nas mãos, senti a terra tremer sob os meus pés. O chão na base do ipê rachou, abrindo um imenso buraco no mesmo local onde estava enterrado o baú. Eu me aproximei e me agachei para olhar. A entrada era estreita, mas dentro o espaço era largo e úmido. Vi o que parecia ser um túnel, mas não tive certeza.

TERCEIRO ATO

Há uma vela acesa sobre uma mesa de madeira com duas cadeiras, duas taças e uma garrafa de vinho, ao centro do palco. Elias caminha até a mesa e fica em pé ao lado dela.

37.

SÓ UM MINUTO, por favor. Acendam as luzes. Você aí na terceira fileira. Você mesmo de casaco marrom. Sim, você mesmo. Se quiser atender a chamada, pode atender. Já é a décima vez que alguém te liga. Nós podemos te aguardar. Não, não precisa sair. Falta pouco para terminar. Faça como quiser. Sigamos.

Peguei a escada que eu usava para fazer manutenções no telhado da casa. Da abertura ao fundo da cratera, calculei uns três metros de altura. Desci. Caminhei pelo túnel amparado pela pouca luz que entrava. Órfão quis me seguir, mas ao tentar descer pelos degraus, não foi bem-sucedido e caiu direto no chão. Um latido agudo de dor me deixou preocupado. Achei que ele pudesse ter se ferido ao cair. Mas não. Em segundos, ele caminhava feliz ao meu lado como se nada tivesse acontecido.

As paredes úmidas exalavam um odor de enxofre. O lugar inóspito roubava meu oxigênio. A temperatura foi ficando cada vez mais baixa. Alguns insetos rastejavam e estavam em tudo, centenas deles, dando a impressão de que tanto o chão quando o teto se movimentavam. A escuridão só não era absoluta pois alguns desses insetos eram parentes dos vaga-lumes. Os pontinhos de luz me davam a sensação de que estávamos pisando em estrelas. Depois de termos caminhado por uns dez minutos, eu e Órfão nos deparamos com uma porta. Nela havia uma placa:

"SILÊNCIO"

Abri. Um ar quente atingiu o meu corpo. Entramos. O cheiro de enxofre foi substituído por um aroma azedo. Ainda estávamos no escuro. O chão era firme, plano, não de terra, nem úmido. Eu suava. Não havia nenhum inseto rastejante. Caminhamos ainda mais um pouco até avistarmos a chama de uma vela. Sobre uma mesa de madeira, duas taças cheias e uma garrafa de vinho dividiam o espaço com uma vela.

38.

ÊNIO
(com uma garrafa de vinho nas mãos)

— Estava esperando por você, Elias! Venha, sente-se, por favor.

ELIAS
— Eu não sabia que...

ÊNIO
— Não precisa dizer nada, Elias! Apenas me ouça. Mas, por favor, beba!

ELIAS
(bebe um gole de vinho)

— Você deveria estar morto! Eu enterrei o seu corpo. Eu te matei com uma martelada na testa! É você, eu te reconheço da estrada!

ÊNIO

(enchendo o copo de Elias)

— Eu estou morto, sim! Mas não foi você quem me matou. Vamos, beba mais!

ELIAS

(Elias bebe mais um gole)

— Se você está morto, por que não está deitado na cova em meu jardim?

ÊNIO

— Por que alguns vivos sempre acham que os mortos ficam deitados em suas covas, num descanso eterno? Mas não vou ficar aqui explicando o que é a vida após a morte para você. Um dia — e esse dia está mais perto do que você imagina — você saberá de tudo isso. O fato é que há muitos anos espero por este nosso encontro.

ELIAS

— De que diabos você está falando?

ÊNIO

(aproximando-se de Elias)

— Elias, por que a pressa agora? Todos esses anos eu venho tentando contato com você, meu irmão.

ELIAS

— Você chama invadir a casa dos outros de fazer contato? Duas semanas agora se tornaram anos? Que medida de tempo é essa? E que história é essa de me chamar de irmão? Eu não sou seu irmão! Eu tinha uma irmã, e ela morreu faz muito tempo!

Um rato cruza o palco. Um foco de luz o acompanha.
Ao fundo se ouve um tango.

ÊNIO

— Vamos deixar claro o seguinte: eu nunca invadi a sua casa. Você está confundindo as coisas. O público presente sabe muito bem que não fui eu. Eles são as minhas testemunhas. E você sabe muito bem que sempre estivemos juntos. Sei que você acabou de ler a carta que Mara te escreveu, que estava dentro do baú. O mesmo baú que serviu de caixão para o meu corpo retalhado. Sei tudo o que está escrito nela. Sim! Meu irmão!

ELIAS

(impaciente)

— Isso aqui só pode ser um delírio. Mesmo que você seja meu irmão, eu nunca estive com você antes! E o público, que está me acompanhando desde o início, sabe muito bem que você só veio a aparecer agora. E do nada. Sem nenhum preâmbulo. Se é que você está realmente aqui. E aquela carta era só um efeito para dramatizar a cena. É tudo um jogo cênico.

ÊNIO

(rindo)

— "Meu irmão"... Essas palavras te lembram alguma coisa? Uma voz, talvez, dentro de você? Não? Vou refrescar a sua memória. Quando eu envenenei a comida de Fátima, você estava comigo e mostrou onde ficavam os venenos para matar ratos da loja do nosso pai. Quando Jamil, nosso pai, morreu com um infarto fulminante, por tomar dipirona, em vez do medicamento para o coração, foi você quem me mostrou onde ele guardava os remédios. Quando alterei a regulagem do freio do carro de sua mãe e ela foi atingida por um caminhão ao atravessar um cruzamento no sinal vermelho, você estava lá. Mas você, meu irmão, nunca me deu um mínimo de atenção. Sim, é verdade que você não agiu sozinho. Eu estava sempre te dizendo o que fazer. "Meu irmão." Mas também é verdade que você nunca ofereceu nenhuma resistência. As gotas do teu sangue que caíram sobre o meu corpo retalhado me uniram a você para sempre, Elias. Foi isso o que Mara te deu: uma vida infeliz, de fracassos e tragédias. No dia em que sua mãe me golpeou com uma martelada na cabeça, você viu. Você estava lá. Você foi cúmplice. Eu te vi, ainda um menino, espiando atrás da porta e me vendo tombar. Os seus olhos foram a última imagem que eu vi antes de fechar os meus olhos para esse mundo.

ELIAS
(virando mais um copo de vinho)

— Não. Isso não é verdade. Não pode ser. Que teoria sem pé nem cabeça! Parece roteiro de filme de suspense ruim.

ÊNIO

— Não seja covarde, Elias! Deixa esse seu papel ridículo de ator encenando a própria vida. Para de ficar dramatizando! A realidade é maior do que tudo. Você sabe que fui seu cúmplice em todas essas mortes. Você sempre quis se livrar de todos eles. Ou estou enganado? Fátima, Jamil e Mara só te causaram mal. Nós dois sabemos que eu não estou enganado. Posso sentir tudo o que você sente, Elias. Eu sofri com você a morte de Hassan. Mas fique tranquilo, a morte de Hassan foi causada pelo horror da guerra, nós não temos nada a ver com ela. E você também pode sentir a minha dor. Por isso você vê o que eu vejo. Por isso você me vê agora. Eu sempre vi tudo, meu irmão. Eu podia sentir tudo o que você sentia.

ELIAS
(começa a rir, a rir muito... em seguida, fica sério)

— Não! Nada do que você está me dizendo aconteceu. Nada! Aliás, nem você e nem eu estamos aqui agora. Nem há de verdade um público, um palco. Não há nada! Tudo isso só pode ser uma alucinação! Um sonho idiota! Em verdade, eu estou no deserto.

ÊNIO
(bebe vagarosamente um gole de vinho)

— Sim, Elias, de fato o deserto é uma bela imagem, mas querendo você ou não, estamos num palco. Mas estar diante de uma plateia como essa não te faz mais inocente ou culpado.

ELIAS

— Inocente? Culpado? Eu não sei do que você está falando. Que pesadelo é esse? Alguém, por favor, pode me acordar? Ou acender a porra dos holofotes!

ÊNIO

— Ainda não. Só um momento... Esse seu cão, por exemplo, você o atropelou na estrada de terra que passa em frente ao sítio, desceu do carro para se certificar de que o coitado estava morto. Ele agonizava ainda e você o empurrou com os pés para a beira da estrada sem lhe prestar socorro. O pobre cão vivia rondando o sítio à procura de comida e abrigo. E você o matou apenas para que ele parasse de atormentar a sua paz.

ELIAS
(uma espécie de paisagem desértica se forma ao fundo do palco e nove pessoas aparecem andando coladas umas às outras)

— Isso nunca aconteceu! Eu jamais faria isso! Que lugar é esse agora? Quem são essas pessoas? As luzes, por favor! Acendam as luzes!

Um coro formado por nove pessoas está no canto do palco.

ÊNIO

— Você pode não se lembrar, mas essa é a verdade. Você sabe muito bem que lugar é esse, Elias! Melhor do que todos nós. Desde o início, estamos aqui, neste palco e já falamos sobre isso! E você também sabe quem são essas pessoas! Elas são o coro! Toda peça que se preze tem um coro. No entanto, esse coro não tem nada a dizer.

ELIAS
(ri novamente)

— Eu só quero saber a que horas eu vou acordar desse sonho ridículo! Ou a que horas cai o pano e o teatro fecha! E quanto ao cão, nunca o tinha visto antes. Ele simplesmente veio atrás de mim e começou a me seguir. E não está morto. Está bem vivo, aliás!

39.

O coro canta uma melodia mínima com lábios fechados, uma melodia que lembra a cantiga de ninar que a irmã de Elias cantava para ele

ÊNIO

— Mas a espera, meu caro irmão, não foi em vão. Podemos beber e rir disso tudo. Afinal, o riso é o mais poderoso remédio contra a angústia. Mas depois dos últimos acontecimentos, considero que nossa luta se encerra num empate técnico. Eu me dou por satisfeito com esse resultado.

ELIAS

— Do que você está falando agora? Eu nunca lutei com você, meu...

ÊNIO

— Irmão? Você pode me chamar de irmão, se quiser. O passado nunca esteve tão presente, Elias. Olhe para você! Não existe nada em seu corpo que não seja o passado. Tudo em você é memória. Mas vamos mudar de assunto. Tenho ainda uma pergunta para te fazer. Quem, afinal, está enterrado em seu jardim?

ELIAS

— Um desconhecido, assim como você sempre foi um desconhecido para mim! Deve ser o ladrãozinho que estava roubando as galinhas, os porcos e algumas ferramentas dos meus vizinhos. Prefiro não saber nada sobre ele. Um cadáver é um cadáver.

ÊNIO

— De fato, de nada adiantaria saber sobre a vida de um cadáver, de um desconhecido. Talvez seja a hora de terminar de construir aquele jardim, Elias. Você ainda tem algum tempo pela frente. Esqueça isso tudo. Pense nos girassóis. A chuva de ontem pode ter danificado algumas plantas. A chuva, meu irmão, é capaz de limpar muita coisa, mas também de destruir. Pense nos girassóis!

Essa conversa não faz nenhum sentido, percebem? Peço, senhoras e senhores, sua atenção. Isso era para ser um monólogo. E agora esse sujeito, um ator de merda, sobe ao palco e quer dizer que é irmão do Elias e vem me provocar como se fosse a voz de um inquisidor ou mesmo a voz de um detetive do fim do mundo inventado por algum dramaturgo de terceira categoria. Que texto é esse? Enfim, desculpem, mas era para ser diferente disso. De qualquer maneira, sigamos em frente.

ELIAS
— Acho que não temos mais nada o que conversar.

ÊNIO
— Você tem razão mais uma vez, Elias, não temos mais nada que dizer um ao outro. Agora você já sabe tudo o que precisava saber.

Ênio levantou sua taça de vinho e me ofereceu.

Dei as costas para ele e voltei pelo mesmo caminho. Antes, hesitei e olhei para Ênio uma última vez. Ele tinha um sorriso enigmático nos lábios. Abri a porta, andei pelo túnel, subi as escadas. Órfão estava comigo. Não me abandonou um minuto sequer. Voltamos ao sítio.

40.

NO CÉU, ALGUNS urubus planavam. Outros estavam apoiados na cerca. Algumas telhas da casa estavam quebradas e espalhadas pelo gramado. Da varanda da casa, olhei para o jardim. A chuva forte tinha revelado as mãos, os pés e a barriga do cadáver. Peguei a pá que estava ao lado do baú e fui para o jardim. Eu precisava cobrir o corpo. Cavei para juntar terra o suficiente.

Quis encarar o morto pela primeira vez, na esperança de que ele pudesse ser Ênio. Naquele momento, a fisionomia do sujeito pareceu tomar forma, deixou de ser apenas um cadáver qualquer, uma forma desconhecida, para se tornar uma presença. Não era Ênio que estava ali, como eu havia pensado. Os urubus ameaçavam pousar. Eu os espantava com a pá. Órfão rosnava. Comecei a tossir, tive sede, o ar me faltava. E se eu estivesse dormindo e aquele fosse mais um pesadelo? *Sim, era isso*, pensei, *eu estava dentro de um pesadelo e precisava despertar.* Joguei a pá no chão e corri para dentro da casa. Fui ao banheiro, lavei o rosto e me olhei no espelho. Reconheci no reflexo aquele mesmo olhar de minha mãe a observar pela fresta da porta. Fui até a cozinha, abri a geladeira e tomei no gargalo a garrafa de vinho que estava pela metade. Em cima do balcão da cozinha, meu celular vibrava.

Atendi. Era Raquel.

— Liguei para saber como foi sua conversa com Samir. Deu tudo certo?

— Qual conversa, Raquel?

— Sobre a loja. Você me deixou recado na secretária eletrônica dizendo que vocês tinham combinado de conversar aí no sítio na terça-feira.

— Eu deixei um recado?

— Elias, não me faça de boba! Quer eu te mostre o recado?

— Ah, sim, claro! Me desculpe, Raquel. Agora me lembrei. Eu estava distraído. A nossa conversa foi ótima — menti apenas para desligar logo e entender o que estava acontecendo.

— Quer dizer, então, que você desistiu daquela loucura de vender a loja?

O Órfão começou a latir.

— O que é isso? Um cachorro? — perguntou ela.

— Está latindo, então suponho que seja um cachorro.

— Você é insuportável, Elias!

— O nome dele é Órfão.

— Que nome é esse? É de que raça?

— Raça?

— Ah, deixa pra lá. Mas me conta mais. O que foi que vocês decidiram? Eu não consegui falar com o Samir ainda. Ele me disse que depois iria para o Paraguai... Liguei, mas só cai na caixa postal.

— Raquel, preciso desligar agora. Depois nos falamos. — Ouvi que ela continuava falando.

41.

SENTEI-ME NO SOFÁ. Fechei os olhos, tentando me lembrar do que eu havia feito na última terça-feira. Pela manhã, tinha saído para caminhar. Depois o jardineiro me ajudou com as novas plantas que ele havia trazido de sua casa. Tinha almoçado uma lasanha de abóbora, se não me engano, e depois não conseguia me lembrar de mais nada. Até que bati o olho na estante e vi o álbum da Nina Simone. Coloquei o álbum para tocar. Quando Nina cantou "My way", eu me lembrei de tudo.

A cena foi a seguinte:

Na terça-feira à tarde, Samir estava em pé nessa mesma sala, andando agitado de um lado para o outro.

— Você nem me avisou que vinha, Samir! — Sentei-me no sofá.

— Olha aqui, pai, se é para você ficar rindo da minha cara, eu vou embora. Foi você mesmo que marcou essa reunião aqui. Chega de enrolação. Agora me responda uma coisa: por que raios você tem um celular, se nunca atende?

— Quando foi que você me ligou, meu filho?

— Faz duas semanas que estou tentando falar com você, meu pai! — Samir, um pouco mais calmo, sentou-se no sofá por um instante, mas levantou logo em seguida, impaciente.

— Sabe como é, meu filho, ainda não sei mexer muito bem nesse negócio. No meu tempo, era só atender e discar. O telefone ficava em casa quando a gente saía. Você não imagina a liberdade que era não levar o telefone para todo lugar.

— Eu realmente não te entendo, pai. Por qual motivo o senhor não quer que eu fique com a loja?

— Ah, é isso então! Já decidi vendê-la, Samir! Pensei muito sobre o assunto.

— Mas o que eu vou fazer da minha vida, meu pai?

— Você vai ficar com 30% do valor da venda, sua mãe, com 20%, e o restante será dividido em partes iguais entre os cinquenta funcionários da loja. Ponto-final. É o certo a se fazer — falei a frase com uma certa surpresa por estar tão bem formulada em minha mente. Samir suava e lançava perdigotos ao falar.

Agora tudo estava clareando em minha mente. As chamadas de Samir, eu não me lembrava, mas eu havia respondido. Sim, eu tinha marcado aquele encontro.

— Não. Não é o certo. Isso é injusto! É um absurdo! Uma grande filhadaputice comigo! Eu sou seu filho, porra!

— Demorei para me convencer, mas eu sou o seu pai também. Tanto você quanto eu teremos de conviver com esse fato.

— É um fato, sim, um fato terrível! Você nunca gostou de mim, Elias!

— Fica sossegado, Samir. Você vai dar um jeito. Pare de choramingar! Trinta por cento ainda é muito dinheiro. Faça o que quiser com ele, abra outra loja, não sei. O que eu sei é que esse assunto já foi encerrado.

— Como encerrado? E se ninguém quiser comprar?

— Eu já tenho o comprador.

— Como assim? Desde quando? Faz duas semanas que eu estou tentando te ligar.

— Eu sei. Bem insistente, aliás.

— Acontece que o senhor contou pra minha mãe, não pra mim, que ia vender a loja. Fiz minhas contas e, enfim, eu posso comprar as outras partes. Era por isso que eu estava sendo tão *insistente*.

— Já me comprometi com outro comprador. Não vai dar, Samir. Tira isso da cabeça. Assunto encerrado!

Ele ficou quieto. Dava para ver que podia explodir a qualquer momento. Mas apenas fez gestos rápidos e brutos. Atormentado, pegou as chaves do carro, a carteira e o celular que tinha deixado em cima da estante e saiu. Bateu a porta com tanta força que pensei que poderia quebrá-la. Nem se despediu.

Eu já estava acostumado. Era sempre assim. Nossas conversas sempre acabavam em discussão e cada um para o seu lado. Depois, de alguma maneira, chegaríamos a um acordo.

⚘

42.

A NÁUSEA ME desequilibrava. Nas paredes da casa, ainda escorria um filete de água da chuva. Corri de volta para o jardim. Três urubus já estavam próximos ao corpo, aguardando para fazer o trabalho sujo. Órfão tomava conta do cadáver e não deixava que eles o atacassem. Olhei novamente para o rosto do morto. Ajoelhei-me e me aproximei um pouco mais de sua pele rígida, fria e úmida. Não tive nenhuma dúvida. O corte na cabeça feito pelo golpe certeiro do martelo. Como eu não o havia reconhecido naquela madrugada? Nauseado, levantei-me e vomitei nas lavandas. Depois caí sobre o corpo e entrei em desespero. Não chorei. Eu estava seco. Não derramei nenhuma lágrima pelo meu filho.

"*...de nada adiantaria saber sobre a vida de um cadáver desconhecido... A chuva, meu irmão, é capaz de limpar muita coisa.*" As palavras de Ênio faziam mais sentido agora. Por isso, estávamos quites. O mesmo golpe, no mesmo lugar, a mesma arma. Sua tão esperada vingança contra minha mãe estava consumada. Uma típica tragédia. Ou seria uma comédia? Uma farsa? Carreguei o corpo de Samir para dentro da casa e o deitei sobre o tapete da sala. Ainda me intrigava saber o que Samir fazia no sítio àquela hora da madrugada? Por que não falou comigo? Por que silenciou? Aqueles malditos segundos em que eu levantei o martelo. Aqueles malditos segundos em que os meus olhos ofuscados pela luz da lanterna me levaram ao fundo das minhas memórias sombrias encravadas em meu corpo.

Agora sei que aquele golpe não foi o começo e nem o fim de tudo. Eu não poderia imaginar o que estava por vir. Se ao menos ele tivesse avançado contra mim. Se suas mãos tivessem agarrado o meu pescoço. Mas não foi assim que aconteceu. Foi o pai que matou o filho, mas era para o filho ter matado o pai. Era sua intenção. Não posso pensar em outro motivo para Samir ter invadido a casa naquela noite se não estivesse com a intenção de me matar.

Deitado no chão, ele não lembrava em nada a criança que um dia foi.

Meu filho sempre foi um desconhecido para mim.

Saí e fiz uma fogueira na frente da casa com o baú de madeira que encontrei entre as raízes do ipê, queimei a carta de minha mãe, os ossos de meu irmão bastardo e o meu pijama sujo com sangue e terra. Fiquei ao lado do fogo contemplando tudo ao redor, tomando coragem para fazer o que eu sabia que deveria ser feito. Minha mão esquerda tremia. Uma chuva fina começava a cair. Guardei a caixa de fósforo no bolso. Órfão estava comigo. Caminhei em direção à casa, deixei os sapatos na varanda e entrei.

43.
Ruídos de aparelhos de UTI

HÁ UMA VIDA, eu sei, que acontece no subterrâneo de nós, no reino abissal de nossas fantasias. Outra que vivemos em estado de vigília e que, acreditamos ingenuamente, ser ela quem nos dá forma e conteúdo.

Não sei dizer como ou quando eu tomei consciência de que estava preso a esse leito de hospital. Quem vê o meu corpo em coma não imagina que eu vivo o sono intranquilo de um demônio, que estou narrando as minhas memórias em cima de um palco imaginário para uma plateia como vocês.

Com a mesma violência de um eremita meditando numa caverna nas montanhas do Nepal, eu medito sobre os dias que me revelaram que toda a minha vida, ou parte dela, foi vivida sem que eu pudesse compreender os fatos.

Conheço os médicos e médicas, enfermeiros e enfermeiras deste hospital, vejo a luz branca, a parede pintada com um verde muito claro. A rotina se repete. Eles se aproximam, trocam os soros, os medicamentos, limpam o meu corpo, cuidam das feridas e queimaduras, conferem o nível de oxigênio e os fios ligados ao meu corpo. Às vezes, sinto frio, mas não tenho como pedir que me cubram. Os meus olhos estão fechados. Os médicos não sabem que eu posso ver e ouvir tudo. Meus únicos movimentos são espasmos musculares involuntários. Flutuo e posso ver o meu corpo deitado e imóvel. Um corpo que já não reconheço como meu. Tornei-me uma criatura moldada pelo fogo.

À noite, espero pela visita deles. Nunca sei quem virá, mas espero. Eles sempre vêm, minha mãe, minha irmã e meu pai. O Órfão dorme aos meus pés. Ênio está sempre aqui. Samir nunca vem. Há três meses que essa tem sido a minha vida.

Creio que foi ontem que tomei uma decisão. Os dias são confusos. Não sei mais como se calcula o tempo. Quando eu entrar na casa da minha memória da próxima vez, segurando a mesma caixinha de fósforo que seguro todas as vezes, e tiver espalhado o querosene pelo chão e olhar para o corpo inchado de Samir deitado sobre o tapete a se decompor, eu me sentarei no sofá à espera da noite ouvindo "Moonlight serenade", do Glenn Miller. Só que dessa vez será o fim. Eu não voltarei ao pé da montanha. Afinal, é disso que se trata, não é? Carregar a pedra montanha acima, quase chegar ao topo e vê-la rolar montanha abaixo. E repetir tudo novamente. Mas não dessa vez.

No instante em que eu riscar o palito de fósforo, terei apenas dez segundos para fazer o que deve ser feito. A violência desnuda qualquer um, eu sei. Não existe máscara que resista a uma porrada com precisão. A palavra brutalidade, o que significa? Truculência, ferocidade, selvageria, crueldade, bestialidade. Truculência, ferocidade, selvageria, crueldade, bestialidade, repito para garantir que estou consciente da sombra que me persegue. Meu umbigo é um olho vigiando pela fresta da porta. Eu deveria escrever ao redor dele: SELVAGERIA. Cortem o cordão! Meu umbigo é meu! Talvez seja tarde demais para dar esse grito. Ele precisaria ter sido meu e de mais ninguém. Uma tesoura para cortar o cordão umbilical deveria ser um objeto de culto e devoção, deveria estar num altar. Como as imagens dos santos. Abençoada. Velas e oferendas à tesoura sagrada, a tesoura que corta o cordão que liga o filho à mãe, como uma coleira.

Os sons dos meus ossos e músculos, eu posso ouvi-los querendo se libertar. Eu posso. Alguém mais pode ouvir o som da própria morte?

Vocês podem ouvir?

Estou em pé diante da casa e a contemplo como se olhasse para algo tão belo, misterioso e fúnebre quanto o Taj Mahal. Seguro uma caixa de fósforo na mão direita e sinto, com algum prazer, a superfície áspera em que se risca o palito. As minhas unhas estão sujas de terra. Ao meu lado, há uma fogueira em brasa crepitando, faíscas luminosas explodem e desaparecem. É fim de tarde e o céu está nublado, começa a chuviscar, mas eu não me importo, apenas garanto que a caixa de fósforo não se molhe, coloco-a dentro do bolso. Ergo a cabeça em busca de ar. Minha mão esquerda já não treme mais. Com força, contraio os dedos para o centro da mão, um gesto dramático. Comprimo os olhos e suspiro. O Órfão respira ofegante.

44.

EU ME DEITO ao lado do cadáver de Samir e fico esperando que o fogo consuma cada canto do labirinto da minha mente. Dizem que o fogo purifica. Não sei de nada disso, apenas não quero mais ficar atrelado a esta cama, dentro deste corpo imprestável. Eu não quero um fogo domado, quero um fogo liberto, selvagem, sem nenhuma medida.

Assim que a enfermeira do turno da madrugada entrar no quarto, provavelmente eu já estarei morto. Talvez ela reconheça um esboço de sorriso em meus lábios. Um sorriso enigmático.

Risco o palito de fósforo e o lanço ao chão. O fogo se espalha veloz. O alarme detector de fumaça do hospital dispara, o do teatro dispara. No sítio não há alarme detector de fumaça. Mesmo com a água que cai do teto, o quarto é tomado pelas chamas. Enquanto flutuo entre a fumaça e o fogo, assisto com prazer ao meu corpo deitado na maca se purificando. A casa sendo tomada pelas chamas. Por fim, não foi a velhice que tirou a minha vida, foi o fogo.

Saio do hospital e ouço a sirene do carro de bombeiros. Sigo caminhando a pé até chegar à estrada de terra. Paro em frente a um sítio. Vejo no alto do portão a placa: "*Sítio do Ipê-Roxo.*" Um velho está sentado numa cadeira de balanço e me observa, aparenta ter uns 80 anos, ele se parece comigo, com Elias Ghandour. Penso que em algum lugar minha vida segue acontecendo em looping. Paro e o observo na expectativa de entender de onde eu o conheço. Ele ou eu? Agora nada mais faz diferença. Raios, trovões e relâmpagos anunciam que vem uma tempestade. Urubus planam no céu.

O velho entra na casa. Começa a chover. Fico ali, hipnotizado por aquela sensação de que já o conheço. Mas de onde? O céu escurece, uma ventania derruba as flores de um ipê-roxo e o dilúvio cai sobre mim. Gosto de sentir a chuva escorrendo pelo meu corpo. Depois vou embora, sabendo que devo voltar. Sinto que devo voltar. Ainda não há girassóis no jardim.

Ouço o som rouco, metálico e apavorante, produzido pelas asas dos urubus-de-cabeça-preta, invadir todas as partes do deserto selvagem do meu corpo. Mas no meio da tempestade não vejo nenhum urubu. Assim como eles, vivi a minha vida me alimentando dos corpos em decomposição na minha memória. A diferença é que os urubus realizam o trabalho sujo em benefício dos outros, e eu nem mesmo o fiz em benefício próprio. Apenas me empanturrei nesse banquete silencioso em meu purgatório íntimo. Alimentei-me de minha mãe e de meu pai, de minha irmã, do meu irmão bastardo, de Ítalo, Alberto e de Hassan. Agora também me alimento de Samir. Até quando viverei, nesse ou em outro mundo, sem coragem para devorar os meus próprios restos?

Sinto os meus olhos pesarem, me desequilibro, o meu corpo tenta resistir, não sei se quero que ele resista, me entrego. Não espero mais pela chegada da noite. Eu a conheço desde sempre, mas não sei dizer como foi que cheguei até aqui. Como foi que tudo aconteceu? Tenho sede e preciso beber um copo d'água. Faz calor. Muito calor.

Alguém, por favor, pode me trazer um pouco de água?

A morte é quente e escura. Não é fria como eu sempre imaginei que fosse.

A morte é quando nada mais se diz, nada mais se vê, nada mais se ouve.

Reconheço a beleza de se chegar ao fim.

Um blecaute de dez segundos.

Em seguida, luzes brancas se acendem no palco e na plateia.

"My way", com Nina Simone, toca ao fundo.

Agradecimentos

Agradeço a Daniela Pinotti, companheira de vida, pela leitura, apontamentos e comentários durante todo o processo de escrita do romance. Por acreditar sempre, mesmo quando eu estava prestes a desistir. A Cristhiano Aguiar, pela leitura precisa, comentários, sugestões e pela orelha generosa.

Agradeço às minhas agentes literárias, Lucia Riff, Eugenia Ribas-Vieira e Julia Wähmann, e toda equipe da Agência Riff, por caminharem comigo nessa estrada. Ao meu editor, Rodrigo Faria e Silva, pela parceria.

Agradeço especialmente a todos os leitores e leitoras. Salve!

CONHEÇA OUTROS LIVROS

**LIVRO FINALISTA
DO PRÊMIO JABUTI**

Das distâncias entre as montanhas de Zahle e Santa Bárbara D'Oeste, entre 1920 e 2013, entre o império otomano e a ditadura brasileira, entre um avô e um neto e, da aproximação do fantástico com o autobiográfico, irrompe a narrativa deste romance evocativo, lírico e sensível sobre o medo e suas consequências.

**AUTOR VENCEDOR DO PRÊMIO
SÃO PAULO DE LITERATURA**

Enquanto não se domina o objeto do desejo, se deseja; quando se vence, não se quer mais. Os amantes esgrimam sem descanso: o homem e a mulher, a gata e o rato. Em seu banquete platônico, talvez aristotélico, debatem Arte e as categorias da mimesis.

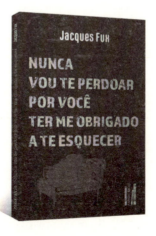

Todas as imagens são meramente ilustrativas.